扭曲變形的集集鐵路。（曾海山、廖維士／提供）

小小勘災者與光復國小拱起的操場（右方為上盤）。（洪如江教授／提供）

逆斷層切過光復國中校舍。（洪如江教授／提供）

毀損的集集武昌宮。（廖維士／提供）

921救災現場。（廖維士／提供）

國軍救災消毒。（廖維士／提供）

1999年9月21日凌晨1點47分時間停格，留在鐘面上。（洪如江教授／提供）

921後全國在9月23日降半旗三天。（趙政霖、吳崑茂／提供）

中寮永平老街，二樓變一樓。（曾海山、廖維士／提供）

南投市貓羅溪921之夜酒廠爆炸火光

那一夜南投酒廠大火照亮夜空。（簡慶南、廖維士／提供）

台中市德昌大樓。（廖維士／提供）

埤豐斷橋前拱出大甲溪的人工大瀑布,經常上國際教科書與專書封面。(洪如江教授/提供)

不可思議的石岡壩毀壞,吸引了全世界壩體工程專家的注意。(洪如江教授/提供)

草屯九九峰的禿涼景象。（洪如汀教授／提供）

九份二山當地人暱稱的爆裂點，就像一線天。（廖維士／提供）

九份二山震後景象。（廖維士／提供）

921後的草屯九九峰，今已恢復舊觀。（曾海山、廖維士／提供）

草嶺飛山。近側簡家人車皆由對面以15秒時間,飛越兩公里過來。(洪如江教授／提供)

台8青山上下線之受損情形,上下邊坡幾無完整之處。(黃文光／提供)

中橫台8線谷關德基段。（林銘郎、洪如江教授／提供）

921第一周年，災盟夜宿中興新村。（吳崑茂／提供）

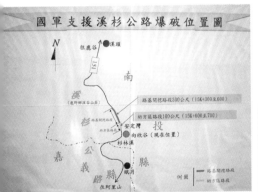

杉林溪安定彎打通工程原採在巨石中爆破方式開挖，並另鋪補坍方路段直抵杉林溪。（五二工兵群、黃文光／提供）

左方就是巨石，右側為原坍塌路段，修通後又於桃芝時崩毀。（黃文光／提供）

杉林溪安定彎，乾脆從特大石頭中打個洞，直接通到杉林溪。（廖維士／提供）

桃芝過後國軍以流籠幫帶同富國小學生，橫渡陳有蘭溪。
（廖維士／提供）

南投信義鄉台21線豐丘明隧道，還是難擋土石流。
（公路總局、黃文光／提供）

桃芝過後鹿谷北勢溪土石流的威力示範。
（廖振騑、廖維士／提供）

桃芝過後，東埔蚋溪旁即將倒下的建築。（廖維士／提供）

桃芝救災告一段落後,在重建會救災指揮中心召開檢討會議。
(吳崑茂/提供)

921時未損壞的國姓糯米橋,卻毀於2004年七二水災。
(廖維士/提供)

具客家聚落特色的中科國小。（張敬鴻、廖維士／提供）

活像古堡渡假村的中寮和興國小，為全木造建築，現已成為假日時拍攝婚紗聖地。（張敬鴻、廖維士／提供）

信義鄉潭南國小的布農族美學風格，學生七十餘人。（洪如江教授／提供）

南投市營盤國小斜坡道，兼具無障礙空間與逃生功能。（洪如江教授／提供）

最後一所重建完成學校鹿谷內湖國小。（廖維士／提供）

中寮廣英國小連接二樓的木板斜坡道，具逃生功能。（洪如江教授／提供）

重建會執行長2002年2月1日交接，由陳錦煌接任，第一排後站立者皆為重建會要角。（吳崑茂／提供）

全倒大樓動工興建時常見的歡樂景象。（重建會住宅與社區處／提供）

921四周年在中興新村，小傢伙打得比誰都起勁，這時的重建會執行長是郭瑤琪。（廖維士／提供）

Canon 20

台灣 921 大地震的集體記憶

黃榮村◎著

十年回看921 ——代序

2000年5月下旬政黨輪替後的民進黨新政府召開第一次行政院院會，出將入相的唐飛院長宣布由我以政務委員身分，出任「行政院921震災災後重建推動委員會」（簡稱「重建會」）執行長，另請蔡清彥與陳錦煌兩位政務委員協助，主任委員則由唐飛院長親自擔任。會中他要求各部會署積極配合，並給我一個「征西大將軍」的封號，於6月1日正式進駐設於中興新村的重建會總部，辦理救災與安置之後八個縣市的重建業務。雖然在短短幾個月內，重建會已發展成三百多人的任務型組織，但在當時可是一個人都沒有。

其實重建會不是一個新的名稱，在1999年（民國88年）921地震之後的一個禮拜內，行政院就成立了重建會，由蕭萬長院長擔任主任委員，並於9月28日在台中市文心路的警察局內成立重建會中部辦公室，由劉兆玄副院長出任執行長，是一個以救災與安置為主的單一窗口，成效相當明顯，但大致底定後，在同年12月即改由內政部簡太郎次長坐鎮中部辦公室，業務則回歸各部會署與地方政府，當為單一窗口的重建會形同解散。

　　很多人好奇同樣一件事情有兩種不同作法，則一定有一種是不對的，不過，這不是一件可以容易下定論的事。以日後重建龐雜的業務觀點來看，再成立由專職公務人員調兼，且總部以單一窗口方式設在災區的作法，看來是有其必要性。當時意氣風發的陳水扁總統在 2000 年 6 月 1 日重建會新址掛牌時，即要求重建會在災區中「聞聲救苦」，並誓言在四年之後完成重建。事實上揆諸國際經驗這樣講是太過樂觀，最後則是多用了兩年時間才算大體完成，不過國家領導人喜歡把時間押前的作風，可謂舉世皆然，大家也就當真的全力以赴。

　　前重建會當為單一窗口的功能，形同解散約達半年之久，可能與總統大選有關，在大選前一兩個月確有難以全力投入的苦衷，在選後則局勢丕變亦難好好辦理，而且認為最緊急的救災與安置已大致底定，緊急命令在 1999 年 9 月 25 日頒布，有效期半年，2000 年 2 月 3 日則有總統李登輝公布實施的「921 震災災後重建暫行條例」，有效期限至 2005 年 2 月 4 日止（之後曾大幅修改且又延長一年），經建會則已擬定「災後重建計畫工作綱領」（1999 年 11 月 9 日）與「災後重建政策白皮書」（在 2000 年 5 月 15 日，行政院才予備查）。當時的想法應該是，既然已鋪陳出這些可供災後重建當為依據的基礎設施，則在緊急的救災與安置之後，應可採取回歸正常政務之作法，由各部會署及地方政府自負其責，必要時再予協調整合即可；而且日本阪神‧淡路大震災的重建，也不見得是由中央政府來強力主導，仍可有效推動。

　　如此看來，似也有其道理在。惟 921 震災是一非常事件，沒有真

正走入重建階段，不知其複雜與艱難；另外在精省之後，過去由省府統籌救災與災後重建的功能已不存在，對地方政府的能力不能高估，對其派系糾葛也不能忽視；而社會大眾認定中央政府應全面介入負責的強烈態度，更是台灣特殊國情，國外經驗難以比照。就因為這半年一耽擱，重建的問題終於被凸顯出來，成為全國性急待解決的燙手難題，新政府也將其列為指標性的重大國政，再度成立一專責的單一窗口，就成為不得不做的事情。從這個方向來看，重建會當為單一窗口的功能，斷掉五個月的作法是否妥當，應就政策面再予檢討，並當為日後因應之適用原則。

　　面對重大災變，一向的標準作法是總統、院長出面幾次，發發怒或作交代之後，剩下來就回歸各業務主管單位，並責成地方政府為主來作恢復工作。國民黨執政時期對921重建會的作法，其實是依循舊制沒什麼好奇怪的，而且在過去通常尚稱有效。但921地震是世紀性大災難，其復原工作大到不可想像，若不再由維持統一窗口的中央單位來居中統籌，那破天荒的制定「暫行條例」就顯得沒有必要，以後來制定的災防法處理即可。既然全國上下需要一個半年期的緊急命令，又弄一個五年的暫行條例（其以整個內閣為核心之精神毋庸置疑），所以依循舊制顯然是不符該一特別作法的原意。再恢復921重建會的原先功能，應係最符原意又不得不做的建置。

　　沒預料到的是，派我去「征西」的一向頗獲尊敬的唐飛院長，祇來得及在當年（2000年）9月19日，親自在行政院記者會上主持由我報

告才三個半月的 921 災後重建工作，就建立重建機制、待解決之核心問題予以說明，並比較了新舊政府的重建成果。但他竟然等不到我好好向他作個完整的征西簡報，就在同年 10 月 3 日辭職，令人扼腕。同年 10 月 27 日宣布已興建 1/3 的核四廠停建，並大力主張「非核家園」理念。講理念大家不會反對，但實務上停建核四，則引起很多適法性與收拾善後問題，之後在社會與立法院大戰之後，又恢復興建，就像一場鬧劇，而唐飛院長據信就是在這場荒謬鬧劇中被犧牲掉的。新執政的政府還沒學會用智慧與度量去好好用人，常因一點小事就按捺不住，視為是擋在路上的石頭而換人，從此一事件中即可看出一些端倪。

同時也沒料到的是，在辛苦全時工作 610 天後，又奉調於 2002 年 2 月 1 日接掌教育部，所以一直到 2002 年 1 月 29 日就要離開重建會了，才找到機會好好就唐飛院長之前的三十五件指示事項，一一向他做了六百多天來辦理情形的簡報。

親身參與及督導 921 重建的這 610 天當然是點滴在心頭，不敢或忘；之後的重建過程對曾身為重建一員的我，也是舊情縈繞難以離棄，一直到現在。也是到了該寫一本書來回看 921 的時候了。

本來打算在 2006 年寫出這本書，因為那時是舊金山大地震一百周年、唐山大震三十周年，而且 921 重建也已大體完成，假如能在該一脈絡下，又值全球熱烈討論之時，來談談 921 也是很有意義的事。但那時才剛接任中國醫藥大學校長一年，很多事情急著要改進要推動，一個愰神就沒寫成。現在一下子又到了十周年，全世界像樣的政府在面對世紀

性災變之後的十周年，沒有不認真當作一件正經事好好來辦的，回顧與反思的經驗之書，當然更不能缺席。

對我而言，若不寫，自有其他人會從不同角度不同資料去書寫，但若真的沒寫，實在很難對過去一齊全力以赴、不分日夜工作、大幅調整公務員腦袋，想辦法「圖利災民」的921工作夥伴有所交代；更重要的，921的集體記憶假如少了我們所共同與災區朋友共譜的這一塊，該反省該倡議的不能趁此十周年的機會提出來，日後恐怕會後悔的，尤其現在又發生了這麼大的八八水災。就這樣，我開始了這件十年回看921的工作，簡略交代一些震出來的經驗與教訓，也希望對八八水災的後續重建工作，能有所啟示與助益。

目　錄

回到 921 現場

　　沒有人忘得了那條近百公里地表破裂的斷層線，921大震後的中部災區就像民主國家中的戒嚴地區，沿路無非廢墟，軍隊開入，直升機整天盤旋在空中。全國上下共同體驗生命的脆弱與無常，近二千五百具屍體就像一場大屠殺，還有埋在瓦礫、鋼筋水泥、山石中的生命，國內外搜救隊穿梭翻尋，沒有半刻停歇。

　　1999年（民國88年）9月23日全國降半旗三天，中秋節（9月24日）的三天假期，救災人員及相關業務軍公教人員停止放假，幾十萬人在不一樣的月光下等待救援，天涯明月共此時，可嘆的是月圓人未圓。每個人盯著電視、廣播、報紙與網路關心救災現況，都在問「我能做什麼？」，而且真的著手準備各種捐助與救援。

　　9月21日凌晨1點多，我還在台大研究室向喜歡半夜上班的助理王傳華，交代一些要做的工作，忽然停電，過沒多久一陣搖晃，歷時三、四十秒之久，我們趁著外面餘光，趕忙壓住桌上幾台電腦，免得掉落。這輩子也沒經驗過這麼久的晃動，覺得事有蹊蹺，趕快收拾回溫州街的家，就在快走回到家時，看到瑠公圳舊址旁的白靈公廟，有好幾位溫州街社區的人聚在那邊談論，一副不可置信的樣子。由收音機的轉播，當然知道是來了個不得了的大地震。事後中研院李遠哲院長告訴我，由於停電在前搖晃在後，當時他判斷應是在中部有地震。大概是以前久居地震頻仍的美國北加州經驗，或者中研院地科所的同仁，曾向他解釋過在各類地震中包括有P波（初達波）與S波（剪力波），P波進行較快（如每秒5公里，為一種類似音波的壓縮波或縱波），S波較慢（如每秒3公里，為一種剪力波或橫波，是強地動之主要來源），P波與S波會前後來

臨。由於台灣夜間有南電北送的調控（北部一向缺電達四百多萬千瓦，長期仰賴中南部供電，若南電北送的輸變電系統如中寮與天輪變電所受損，北部就有嚴重的停電問題。不幸正是如此。），因此震動之初電廠自動跳電與變電所受損，但P波一直傳出，則由停電與P波抵達台北之時距（如30秒），可算出大約有一百多公里之距離，因此震央可能在中部某處。在921地震之前六、七年，大家關心的是五十幾條活斷層中，嘉南平原出名的梅山與觸口斷層破裂潛勢，由歷史上來看也到了三十五年的大震周期，可能會發作，國科會大型防災計畫因此在那邊推動了一個實驗計畫，多少有想預作因應的意思在，但沒想到卻是一直沒被注意到的車籠埔斷層，產生了大破裂！

　　當天早上8點多，就與同樣參與國科會大型防災計畫的陳亮全教授（台大城鄉所，後任國家災害防治科技研究中心主任）與蔡清彥教授（時任國科會副主委，防災科技為其轄管業務），一起到位於台大醫院旁國泰大樓內的救災指揮中心，電視台已擠滿走道與指揮中心，他們正忙於彙報災情及安排國內外搜救隊伍之來臨與進行搜救。過兩天，請熟悉南投地理的舍弟與堂兄帶路，與全國教師會的張輝山及劉欽旭會同，先到草屯虎山國小，校園內已是處處帳棚。劉欽旭是虎山國小老師，同時也是受災戶，但他二話不說，忙著向我們說明狀況，我就看到一位小孩緊緊黏著媽媽，一句話也不說。之後，路過光禿禿的九九峰，先到埔里的育英國小，學校是倒成一片，但圍牆外的民宅竟不受影響。再到埔里高中，沿街都是倒塌的房子，漠然的臉。進入埔里高中，救濟物資堆滿角落，林芳郁（現任台北榮總院長）與楊泮池（現任台大醫學院院長）兩位教授，

已在當地駐守設立醫療站。我看到一位小朋友一直在跟他的媽媽吵架。

　　傍晚往回走，到國姓老街（九份二山就在旁邊）看一下，眞是斷垣殘壁。居民在路旁未倒的屋簷下茫然四顧，向晚時分全無燈火格外淒涼，冰冷的屍體在看不見的地方沒入蒼涼，正所謂「城破山河殘，街深人黯淡」，不免想起但丁「地獄」第四章 25-27 節的描述：

　　我們在這裡既不大聲抱怨，也不哭喊，

　　沒有悲哀之聲，而唯有嘆息之聲

　　在永世的空中無止休的顫抖。

　　還有 T. S. Eliot 在 1922 年所寫《荒原》中第一章「葬儀」（The Burial of the Dead）：

　　四月是最殘酷的月份，

　　由死地繁殖出紫丁香，

　　把追憶跟願望揉和，

　　以春雨激動遲鈍的根苗。

（引自杜若洲譯文，1985 年）

　　面對這種情景，我心中想的還是詩篇第二十三篇「耶和華是我牧者」的一段：

我雖然行經死蔭的幽谷，

也不怕遭害，

因為你與我同在；

你的杖，你的竿，都安慰我。

戰壕是沒有無神論的，在但丁的地獄篇中，祇有耶穌能夠走入這裡來釋放嘆息的幽魂。

9月21日再過三天就是中秋節，本應該是期盼與快樂的日子，但就像艾略特詩中所寫的一樣，四月本應是欣欣向榮的月份，但如地獄般的經歷，紫丁香又如何能從死地中成長？已經奄奄一息的根苗又如何能在春雨中萌芽？死蔭的幽谷是如此的道長且阻，誰能真的安慰？在命運森嚴而且無邊無際的大門前，祇好暫時性的選擇無言。但是，假如這時代還容許有史詩，921絕對是其中最長的一首之一，如何寫好這首從悲傷基調中應該走出希望的史詩，考驗著大家的智慧與愛心。

大震之後的緊急辦理事項

大震之後有一段黃金 24 小時，消防與救難人員首重人命搜救，在最初的震後 4 小時內，救出人員達三、四千人以上；火災雖不嚴重，但在南投、台中兩縣與台北合計仍有 161 起，大部分發生在震後 1 小時內（林元祥等人，2003）。國軍方面軍政與軍令系統全力動員，基本上以第五作戰區為主，當時的國防部長唐飛與參謀總長湯曜明等頭頭，更是親自召集主持相關應變工作，因此而搏得「天上有慈濟，地上有國軍」之美譽，祇不過國軍以戰備為主，救災並非其本行，因此救災告一段落後，就回歸正常運作，惟仍依特別勤務需要隨時支援。

上有慈濟，下有國軍

震災剛開始，一陣混亂是當然之事，國軍與慈濟便是先出來撐住局面的兩批人。數星期內，慈濟動員了 10 萬人次以上，國軍則為 46 萬人次以上（汪士淳等人，2000）。另外消防正規軍人員九千多人，國內志工七萬餘人，滾動出十幾萬人投入；至於公務行政及教育體系大幅動員，幾十萬人是跑不掉的。由此看來動員人數之多，可能還超過受害災區的人口數。

國軍與慈濟雖屬軍民分途，但都有建制完整的指揮系統。在國軍動

林元祥、許志敏、邱益瑞（2003）。消防人員對921震災消防搶救時序之認知研究。行政暨政策學報，37，1-27。

汪士淳、劉在武、梁玉芳、王超群（2000）。第一時間：慈濟、國軍、北市府、台積電921危機應變實錄。台北市：天下文化。

員方面，國防部長唐飛、參謀總長湯曜明、副參謀總長王漢寧、陸軍總司令陳鎮湘與副總司令宋川強、空軍總司令陳肇敏、軍管區司令部金恩慶司令、海軍陸戰隊陳邦治司令、陸軍十軍團高華柱司令等人，都是在第一線上指揮的人。雖然國軍的地面救災工具一點都說不上先進，但卻是訓練精良守紀律的隊伍；而 S70C（海鷗）與 U 機滿天飛，就像空中計程車一樣，也是令人印象深刻。

證嚴上人當然是慈濟的精神領袖，經常上第一線關切，我就在災區見過她幾次。林碧玉與王端正兩位副總執行長，以及大愛電視台姚仁祿總監等人，則是穿針引線運籌帷幄之人。

國軍與慈濟雖有軍民之分，但打的都是在混亂狀態下最具成效也是最感動人的人道組織戰，因此而博得國內外「上有慈濟，下有國軍」的美譽，災民更是有直接的感受。

由於國軍與慈濟的表現太具震撼力，因此習慣性的拿他們的效能，來與政府公務體系相比（很多人忘了國軍也是政府體系的一環），當然把政府嫌得臭頭。但連慈濟人都說這樣的比較並不公允，因為公務人員需要依法行政，受到限制較多，而且民間主要是做補位工作，互有分工，太過誇大凸顯誰才是真正好，反而對救災、安置與重建之分工整合是不利的，政府（中央與地方）畢竟還是應該負最多責任的主體機關。藉著民間的活力與效能這種反差，來督促政府提升效能是一好策略，但不能真的將政府弄成次要機構，那就真的是搞不清主次界限了。

同樣道理，當國軍花了近兩個月不眠不休，做好大部分毀損建物之拆除與清運、大環境消毒、搭建組合屋之後，國軍主力即依次歸建。因

為雖有緊急命令，也祇能做到這一地步，再多了，就又涉及誰來主導救災與重建的分寸了。地方政府縣市長首先就有意見，他們身居災區人際網絡與小資源分配的核心，卻在很多事情上不能作主，事事都要請示，那股悶氣也不能壓太久。我就在早期台中市文心路市警局臨時安置的重建會辦公室中，看到幾位縣市長與當時身兼執行長的劉兆玄副院長，在那邊臉紅脖子粗的模樣。國軍因在陸軍總司令陳鎮湘時代已建立緊急戰備系統，故 921 一發生，部隊長在 13 分鐘之後即已投入並回報，遠比其他國家迅速，如神戶地震在一個星期後，Katrina 風災後第四天聯邦軍隊與國民兵才進入，川震則在 47 小時後。緊急命令是在幾天後才補的，以正當化國軍的救援行動並鋪陳後續緊急介入之正當性。惟目前災防法令中尚無法源可讓國軍於重大災害的第一時間不待命而介入，雖可因需要請求國軍協助，但仍屬被動狀態，若要國軍主動不待命介入，則應修法並限制若干重大特定條件，以符應需求並避免憲法上之「接管」爭議。

上有慈濟下有國軍，中間就是龐大的公務體系與多元的志工，目標全是為了解災民於倒懸。大家在 921 這件事上，真的都作了極大貢獻，但如何在下次大災難來臨時，有更好的分工整合及指揮架構，還需有演練及共識才行。

救災的成效影響日後安置與重建之效率與品質至鉅。救災救得好，災民感恩且有信心，也激發出民間的熱心參與，官民合作互動有所提升。救災時作好廢棄物清理（如國軍部分即清理了六百多萬噸）與基地清理，則可提前重建並打好重建的基礎。救災時也可直接了解到防災措施不確實與有缺失之處，若能好好整理則可提供日後防災機制之重大參

考，如防救災緊急通訊系統（衛星、微波等）之整合與不斷訊、救災機具之充實、危橋與危險建物之提前建檔公布與修整、防救災業務專責機制之建立、地方救災能力之提升等項，都是在這次921救災時暴露出來的嚴重缺失，亟待改進。在這個觀點上了解救災，就知道救災、安置、重建、復興四大階段之緊密關聯，台灣921地震的救災在國軍與慈濟的發動下，政府與民間緊密合作，奠定了日後重建的良好基礎。

緊急辦理事項

南投約每10萬人有155人死亡，台中縣每10萬人78人死亡，約77% 死於家中，16% 於戶外，7% 於醫院，女性比男性略高（1.1：1）。愈近震央死亡愈多，老年人與小孩死亡率高於年輕人，30% 罹難者來自頭部傷害，對緊急醫療之需求巔峰在震後12小時，持續三天之久（Liang等人，2001）。台中榮總急診中心（第一級，Level 1）在921後所收到的第一位重傷病人，是傷後坐了三小時車才送到的；由地方醫院轉診的第一位直升機病人，則是震後10小時才送到，而且皆未有良好的第一級處置，以急救的黃金時間而言可謂緩不濟急。急救醫療人員在事後檢討時，建議應速以直升機載送有經驗之人員，到災難現場協助處理（Wen

Liang, N. J., et al. (2001). Disaster epidemiology and medical response in the Chi-Chi earthquake in Taiwan. Annals of Emergency Medicine , 38 , 549-555.

Wen , Y. S. et al. (2000). Chest injuries transferred to trauma centers after the 1999 Taiwan earthquake. American Journal of Emergency Medicine , 18 , 825-827.

等人，2000）。當時中部地區幾所較大型醫院如台中榮總、中國醫藥學院
附設醫院、中山醫學院附設醫院、澄清醫院、彰化基督教醫院等，都成
為後送醫院，全力投入急救（中國醫藥學院附設醫院，1999）。

　　死亡之後即有相驗工作需急速辦理。台中縣市以台中地方法院檢察
署為主，相驗 1,268 具屍體，在 921 當天即集合檢察官、書記官、檢驗
員、義務法醫師、醫師相驗了 696 具屍體，占所有相驗總數的 54.89%。
南投地檢署共相驗 837 具屍體，在 921 ～ 924 四天於遼闊的轄區下相
驗了 796 具屍體。死因泰半為在自宅窒息與外傷性休克、內出血死亡，
顯示多數係在睡夢中遭塌陷壓死（台中地檢署，2000；土木技師公會，
2000）。台灣習俗，死者能儘快辦好喪事入土為安，是活著的人對死者
所能做的最重要工作。各地檢署全力發動，相驗後開立死亡證書，其辛
勞與心意實值國人敬重。檢查機關做好這些工作後，隨即開始分區偵辦
倒塌之建物與公共工程，是否涉及公共危險罪嫌，並在日後查辦違反緊
急命令案件、黑道不法介入與災後重建之防弊，這些舉措對安定當時慌
亂的民心甚有助益。

　　接著是建物危險分級評估，以張貼紅色（危險）、黃色（應注意）、
綠色標誌識別，動員了 6,400 多人次的建築師與專業技師（土木、結構、

中國醫藥學院附設醫院（1999年12月）。中國醫藥學院附設醫院 921 大地震災
　　害醫療專集。

台中地方法院檢察署（2000年3月）。斷層上的烙痕：921 集集大地震檢察機關
　　職權發動之具體實踐與作為。

中華民國土木技師公會全國聯合會（2000年11月）。土木工程技術期刊地震叢
　　書IV：921 南投地檢署鑑定專輯。

大地工程等類），完成評估 6 萬 700 餘棟建物。但判斷核發全半倒慰助金之權，仍在鄉鎮市區公所，以致經常引發爭議。以慰助金發放戶數統計，全倒 50,644 戶，半倒 53,317 戶；以住宅單元門牌數統計，全倒 38,935 戶，半倒 45,320 戶。臨時住宅（組合屋）建 5,854 間，另有日本捐贈 1,003 間，供給未選擇領取租金之災民進住，有部分則放寬進住資格，以容納弱勢戶及特殊考量之非災民，居住期三年後再延一年，但拆除時仍遇上諸多困難，現在除極少數之外皆已拆除。事後觀之，應係供過於求。

在救助與慰助金額上，救助金逾 181 億（全倒 20 萬，半倒 10 萬）；慰助金逾 26 億（死亡、失蹤每人 100 萬，重傷 20 萬）。未住組合屋而領租金者逾 120 億。這些金額的發放可謂極其寬鬆，不祇遠高於災防法之數額，亦領先國際標準，在緊急狀態下又兼大選快到，沒人會去斤斤計較，但日後類似災害則難以比照辦理（921 重建會，2006）。以 921 當時的台灣省天然災害救助金核發標準，死亡 20 萬重傷 10 萬，全倒每口 2 萬最高每戶不超過 10 萬。日本阪神・淡路大地震全倒 39 萬日圓、半倒 32 萬、死亡 24 萬重傷 7.2 萬，且以民間捐款為主給與。前重建會企劃處長鍾起岱提醒我，今年恰好是八七水災五十周年，當時損失占 GNP 的 12%，之後頒布緊急命令，加收所得稅 30%，並另加其他稅賦，以籌措重建經費，與 921 的作法頗有不同。因為社會經濟情況困窘且尚屬農業社會，人命死亡核發一千元，牛隻死亡則為三千元。

921重建會（2006）。921震災重建經驗（上）（下）。南投市：國史館台灣文獻館。

在發放救助金、租金與進住組合屋上，也有若干問題。領取救助金的戶數顯然多於實際的全半倒戶，是因為有一門牌多戶數與一災戶多門牌的問題，但也不能斤斤計較。不是災民的弱勢戶與不符進住組合屋住在帳棚的災民，後來在地方政府安排下住進組合屋，因此一直到 2003 年 12 月（已延長居住一年）還有 1,894 戶，形成不好處理的困境。當時選擇優惠配售國宅（尚無國宅出租之選項）、住組合屋三年與領一年租金中擇一，但一年租金拿完了，看到選組合屋的人（5,270 戶）還可多住幾年，也要求延長租金之給與，後來採取排富條款以戶為單位補發一年，最高給 12 萬檢據報銷。

接下來還有大規模的清除工作要進行。建築廢棄物來自房屋、公共建築、橋梁與牆體等之倒塌毀壞，合計達一千萬立方公尺，其成分包含有混凝土、磚塊、土石、金屬、玻璃、塑膠等類，若處理不當隨地掩埋，對生態環境將有極不利之影響，因此在緊急命令下設置了 106 處貯置場，以安定掩埋為原則，希望能避開河川地、山谷、拋海，以免造成二次污染或阻斷河道，並研議作再生利用之有效方法，且可減少掩埋體積（陳振川，2007）。惟在諸事荒亂之時，要作好這些事情並不容易，計畫趕不上變化，建築廢棄物與土石方能作好再生處置的不到總量的 10%，剩餘廢棄物多採就地掩埋，近半數是在環境敏感之地域與鄰近水域。

在清除建築廢棄物過程中，值得一提的是全倒的 293 所校舍（主要為中小學）與 162 棟集合住宅（包括五樓以下之住宅，共約一萬多戶）廢

陳振川（2007）。921集集大地震後工程永續行動之經驗。2007年第一屆海峽兩岸混凝土技術研討會。

棄物之清除。當時社會一片撻伐之聲，要追究偷工減料弊案與營建責任，惟在抽樣以供日後化驗之後，除極少數例外，就不再做證據保全之處理，迅即全部清除。這麼大規模的地震，如此作法算是不得已中惟一可行之事，否則在全面性的證據保全與日後纏訟之下，依台灣過去經驗，一定是歷時數年還不一定能順利解決，極有可能導致無法啓動重建工作，反而誤事。2008 年 5 月中國大陸四川地震也有類似情事，居民將倒塌的校舍稱爲「豆腐渣工程」，在白天壓死不少學生之後，群情激憤，要求嚴辦以明責任，但後來亦難以爲繼。這些遺憾都是在大型天災下，無可奈何之處。

1921

緊急命令、暫行條例、
重建綱領與政策白皮書

　　要做好前述的救災與安置，以及隨後而來的重建工作，祇靠現有的法令與機制，絕對是不夠的，必須有特別的作法才能排除在一般性考量下所設的重重規範，以有效推動各種緊急處置。

　　前總統李登輝在 9 月 25 日晚上八時簽署發布緊急命令，爲期半年，範圍限縮在災區範圍界定、災情程度劃分、救災物資調動、救災器具徵用、水權土地徵用、簡化行政程序、中央銀行提撥重建家園專款緊急低利與無息融資、預算籌措與動支、採購報銷等項上，以排除現行法令可能在效能上所產生之限制（李登輝，2004）。台灣的緊急命令頒布，在此之前祇有三次，一爲 1959 年八七水災，二爲 1978 年台美斷交，三爲 1988 年蔣經國總統逝世。該作法在擬議之時也有雜音，認爲這是政府擴權，也限制了公民自由，更有甚者認爲緊急命令違反權力分立、法律保留、禁止移轉職權等憲政原則，故係違憲。但萬事莫如救災急，最後還是把這股雜音壓下來，事後也證明並未發生大家擔憂之事。

　　爲銜接半年效期的緊急命令，以突破在重建時可能遭遇的現行法令限制，另於 2000 年 2 月 3 日頒布「921 震災重建暫行條例」，頒布後又經三次修正，共有 75 條，以及 23 項子法，有效期五年，後又追加一年。緊急命令以救災與安置爲核心，暫行條例則以災區恢復與重建爲主，若依災害防救法，震災應屬內政部執掌，但 921 震災係依暫行條例，該法爲內閣法，由行政院執掌，該條例也是推動工作綱領之法源基

―――――――――
李登輝（2004）。921大地震救災日記。台北市：允晨。

礎（吳崑茂，2004 ；鍾起岱，2003）。至於台灣首部「災害防救法」則因 921 之故，加速制定於 2000 年 7 月 19 日頒布，惟中央主管機關爲內政部。

1999 年 11 月 9 日行政院訂頒「災後重建計畫工作綱領」，訂定重建類別，包括公共工程（含大地工程）、產業發展、生活重建與社區重建（含住宅）四大類。「災後重建政策白皮書」則於 2000 年 5 月 15 日制訂，以承續工作綱領，爲一政策性宣示，包括對救災、安置與重建之檢討及期許，並在環境保護與後續經濟發展並重之基礎上，提出災區重建的藍圖。就像暫行條例一樣，這兩者都需一路走一路修，框架雖已大致定下，但具體作法常需依實際狀況來調整，有時幅度大到已非原來規劃時所能想到的。

行政院 921 重建會就是依此四項法令與政策精神，當爲推動各項政務之依據，並確保其連續性。

政府與民間的多軸救災及重建機制

921 地震發生當年的 9 月 25 日頒布緊急命令，在此命令下成立政府的三級重建推動機制，包括行政院級（9 月 27 日設立）、縣市級與鄉鎮市級。行政院級的 921 重建會並在台中市設立中部辦公室，之後撤除，

吳崑茂（2004）。見證921震災重建：921集集大地震五周年。台北市：傳文。
鍾起岱（2003）。921重建政策解析。台北市：秀威資訊。

在 2000 年 6 月 1 日再依 921 震災災後重建暫行條例（特別法），於南投中興新村掛牌成立行政院 921 重建會，成為長期抗戰（原為 5 年，後再延一年）的單一窗口。

1999 年 9 月 22 日已先成立中央救災督導中心（副總統為召集人），推動政務人員認養縣市與鄉鎮，以及非災區縣市認養災區鄉鎮市，亦皆有不錯成效，在當時混亂與緊急狀態下，與三級重建會搭配出中央政府的兩軸機制（持平而論，縣市級與鄉鎮市級重建會乃受中央節制）。

至於民間的參與，如宗教團體、企業、專業與志工團體等，則又與政府形成互為犄角之勢的大災區重建雙軸機制。

由上述看來，921 震災的救災及重建機制可謂採多軸向進路，軸中有軸環環相扣，在中間擔任協調與統合功能的統一窗口則是行政院級的 921 重建會。災害剛發生時，政府投入是多多益善，故尚未能好好思考既有三級重建會，是否還真正需要中央救災督導會報？不過這種組織架構並未引起多大困擾，因為隨著重建工作逐步展開之後，中央救災督導會報的角色便逐漸淡出，以行政院級重建會為主的功能則日益強化。

損害估計與經費籌措

錢的事情總是要先搞定。921 重建所擬的經費總額，必須先就當前的災害損失以及各項救災、安置、重建之急迫需求上，予以衡量。但初期的各種估計，都有難以列出精確數字的困難，一路走一路修，縱使到現在也很難說就是這個數字，這是必須在這裡先說明的。

在災害損失上，死亡 2,505 人（含失蹤 52 人），受傷 11,305 人（重傷 707 人），房屋全半倒各約五萬戶（一戶不等同於一房屋，因有一屋多戶，一戶多屋者），校舍受損 1,546 所全倒 293 所。經建會與 921 重建會在 2000 年以貨幣數額，粗估直接損失為房屋 1,030 億，維生系統 115 億，學校 390 億，交通與通訊 150 億，產業 1,366 億，其他 595 億，合計 3,646 億。間接損失（如災害後停止運轉、經濟成長遲滯、失業、生活不便等）在先進國家都會區，大約以直接損失的 1.5 倍來列計。但 921 地震發生在以非都會區為主之廣泛區域，難以用成規計算，一直到現在還沒有很認真的估算過。

政府編列復原經費時，排除民間可自行負擔之修復與重建費用，但可編列補貼，如住宅貸款之利息補貼。政府亦無法全額編列間接損失，惟可編列類似以工代賑或促進就業、營運之補貼。依此，公部門捐款之可運用數額（不含私部門與災民之支出）如下（鍾起岱 2006）：

（1）1999 下半年及 2000 年度追加預算（800 億）與移緩濟急（261 億）共 1,061.24 億；（2）2001 年度工作預算 62.35 億；（3）特別預算（含社區重建更新基金 466 億，其中最難的融資撥貸列 280 億）共 1,000 億；（4）中央銀行匡列 1,000 億重建家園貸款之 20 年利息補貼為 470.1 億；（5）行政院開發基金 500 億元融資貸款之 10 年利息補貼 100 億；（6）民間捐款（包括政府收受移列 921 震災重建基金會的 132.17 億）共 340.7 億。這些粗估數額合計 3,034.39 億，尚未計算未列於此的中小企業信保基金

鍾起岱（2006）。921重建特別預算之研究。921台大管理學院高階公共管理組碩士論文。

提列 20 億逾放準備金、勞工住宅低利貸款 80 億等項。

　　看起來籌措的經費與直接損失總額大約相當，但在實際執行上問題甚多，如上述之（3）（4）（5）項，主因仍在住宅。災害的粗估損失一向高估，且房屋與產業損失屬私部門，一般認定會由災民或災損產業承接，故剛開始時並未有特別預算之編列，是在 921 一年後才提出。以當時狀況估計，上述應是合理編列，但以結果論而言，民宅重建很多無法申請到社區重建更新基金；中央銀行的一千億重建家園貸款亦未用罄，貸款戶達三萬七千多戶，核貸金額為 623 億餘元，若再加上承受與補貼則總額為 674 億元。這些主要是因為產權不清楚、違反建築法令、或無償債能力等因素所造成，任何貸款都會有困難，假如當時民間捐款能多用在這部分，也許能有更大助益。

成立921重建會當為統一窗口

　　1999 年 7 月 1 日是精省的組織改隸日，省的過去救災機制不再存在。災害防救法則在 2000 年 7 月 19 日才公布實施。可謂正規的救災機制與法制在 921 時，一為瓦解一為未立；一為舊有經驗未能運作，一為新經驗尚未建立。從國家正規運作而言，若謂 921 時正處於真空階段，亦不為過。因此當時決定在行政院成立重建委員會並在台中市設中部辦公室，是正確的作法，中部辦公室從 1999 年 9 月 28 日運作到 2000 年 1 月 21 日後解散，重建業務回歸各部會署與地方政府執行，行政院重建委員會議仍繼續運作，惟已非統一窗口。地方政府其實在過去台灣省總

攬救災重建之作法下，並未培養出獨立作戰以及能自籌財源的能力，因此在沒有統一窗口下相當辛苦。在公共工程的復建上，以追加預算為例就有 10,552 件工程計畫，折成標案共 12,979 標，在跨部門協調與效率控管以及抓弊（品質、不法）之實踐上，更是難題。另外，大規模的救災與重建之權在精省之後可說大部分由中央主導，若無一統籌機構居中運作，將難以處理層出不窮的現場難題；而且中央遠離地方，難有現場感，如不在第一線弄清楚狀況馬上有效處理，就會發生類似 40 萬災民卻發了近 46 萬張震災健保卡（免付保費）之情事。因此在 2000 年 6 月 1 日重新恢復，並將總部設於南投中興新村，恢復統一窗口統籌各項重建工作，可謂是惟一選擇。該窗口一直持續到 2005 年 2 月（配合暫行條例延長一年），921 重建會本應立即結束，但仍留下企劃處與行政處三十餘位人員繼續善後。

921 地震廣受國際矚目

　　過去四十幾年來，有兩次最大的地震來自印澳與東南歐亞兩大板塊的錯動，一在 2004 年 12 月 26 日，Mw ＝ 9.1 ～ 9.3；另一在 2005 年 3 月 28 日，M_w ＝ 8.6。前者的 Sumatra-Andaman（蘇門達臘）超級大地震，斷層破裂達 1,300 公里，垂直落差達 15 公尺，還引起 28 萬 3 千多人死亡的南亞大海嘯（Lay, et al., 2005）。大家熟悉的 2008 年中國川震，M_w ＝ 7.9。

　　所以比較而言，921 並非是特大的地震，但仍廣泛的受到國際上矚目，其理由大約如下：

　　1. 921 震後 102 秒即確定發布震央與規模等相關訊息，領先國際。美國 1994 年洛杉磯北嶺（Northridge）地震資訊，在 30 分鐘後發布；日本神戶地震則在 3 小時後發布。

　　地震不像颱風，可以在數十小時前（如 36 小時）即可預報，或龍捲風約 12 分鐘，目前祇能在震後藉著各種已出現的震波資料，來做整合分析與確認，因此資料的完整非常重要。從 1974 年起，中研院地科所即為研究目的，佈設強地動網，迄 1983 止已有 72 站；出名的強地動加速儀陣列於 1980 設於羅東，以迄 1990 年，稱為 SMART-1，之後的 SMART-2 則設於花東縱谷。台灣強地動儀計畫（TSMIP）於 1991-1996，在鄧大量院士與中研院地科所等學術單位協助下，由中央氣象局建立，迄 2000 年底共有 640 個自由場加速儀與 56 個結構物內（含大樓與橋梁）之陣列，可能是全球密度最高的數位化強地動偵測網。在

Lay, T., et al. (2005). The great Sumatra-Andaman earthquake of 26 December 2004. Science , 308 , 1127-1133.

921 震後 6 小時內，收到一萬筆強地動資料，之後又蒐集兩萬筆資料，其中包括六十筆斷層帶 20 公里內之強地動完整資訊，是有史以來全球最佳之強震記錄，為後續的地震研究提供了良好基礎。由於強地動網發揮功能，中央氣象局得以在 102 秒內，藉助 RTD 系統（Taiwan Rapid Earthquake Information Release System）自動確定了主震的位置、深度與規模，之後立即以網路與傳真送到相關單位（Shin , et al., 2002）。

2. 災難影像清晰獨特。車籠埔斷層在空照上，雖不如美國加州 San Andreas 斷層那麼明顯，但有很多獨特的災難影像，如草嶺大崩山、九份二山大順向坡、九九峰就像禿了頭、石岡壩崩毀、埤豐橋附近大甲溪河床拱起如人造瀑布、光復國小操場隆起、多處大面積的地表隆起、舉目皆是的倒塌建物與橋梁、明顯不同的上盤與下盤災害等等，災難與毀滅的意像強烈，令人觸目驚心。何況還有建物與地下的生命待救，生死的對比鮮明。

3. 若干特殊地質與大壩影像成為國際知名地震教科書的封面。石岡壩是第一個史上被活斷層震毀的大型混凝土水力結構，縱向拱起之落差達 9.8 公尺之巨，深受國際矚目；附近斷裂的大甲溪埤豐橋前，則形成 5-6 公尺的斷崖瀑布。該二影像都是地震教科書的最愛。Bolt（2004）其第五版國際知名的教科書封面，就是埤豐橋往大甲溪上游方向緊鄰的地

Shin, T. C.,（辛在勤）et al. (2002). Strong-motion instrumentation programs in Taiwan. International Handbook of Earthquake and Engineering Seismology , 81 B , 1057-1062.

Bolt, B. A. (2004). Earthquakes (5th Edition). New York : Freeman.

震斷崖，形成一個 6 公尺高的瀑布，這是被拱抬起來的結果；再往上不遠處，就是有部分崩毀而讓世界嘖嘖稱奇的石岡壩。Hough（2002）的知名專書封面，也是特別標顯埤豐橋旁的斷崖瀑布。

4. 921 災後，以國科會與中央地質調查所為主召集的一千多位研究人員，迅速到現場蒐集資料，之後並配合中央氣象局的強地動資料，撰寫研究報告與論文，其中一部分發表在 Bulletin of Seismological Society of America（美國地震學會學刊）2001 年 12 月第 91 期的整本專輯上，共有 36 篇論文。另外當然有更多的論文在國內外期刊與專書上發表，包括流通性極廣的科學性週刊，如 Science 與 Nature 之上。因台灣與國際合作者的努力，921 地震的重大資訊得以讓世界有較充分之了解。說來也是令人感傷的事實，因為 921 的災難獨特性所發表的大量技術性論文，使得台灣的地震、地質與地球科學研究在國際學界更富盛名，在國內一直強調的 SCI（科學引用索引納入之學術期刊）論文數與影響指數上，亦因之有所提升。

5. 921 是 20 世紀最大的島嶼與內陸地震，被 Bolt（2004）視為是本世紀最值得探討也是最完整的地震。

但 921 之所以重要且廣受矚目，除了地質與地震的理由外，其實還有很多特殊的人文與社會層面因素。譬如說在短期內民間捐款即逾 340 億台幣，這在過去從未有之，以後也很難有所預期；震後不祇是大量捐款的愛心大捐輸，實質的愛心大行動更源源不絕湧入災區，可謂空前，

Hough, S. E. (2002). Earthquaking science : What we know (and don't know) about earthquakes. Princeton , N. J. : Princeton University Press.

長期留下來蹲點參與重建的民間團體與個人人數眾多，亦無前例，帶來很大的助益，921真正成爲全民運動，國內外無不另眼相看；在長期受難受苦中，親身經歷者走出生命困境並回復正常生活的過程，有很多足以成爲教科書的經典案例；在學校重建與社區總體營造中，揭櫫了若干值得國內外參考推動的新價值；各級政府以組織化的方式有效率的救災與重建，而且有效結合民間的力量，也是眾多國際參訪團稱讚不已的成效（雖然國內仍然爭議甚多，糾紛不斷）。但是也有通不過人性試探的諸多個案，需要檢討。很可惜的是，這些重要的面向及成果，因其「非科技」性質或其他理由，較少（或鮮少）在國際重要期刊上整理成論文發表，以致未能廣爲流傳，但它們的貢獻卻是在整個救災、安置與重建中，最能觸動人心也是最具明確成效的部分。今先以捐款與同理心爲例，略作說明。

人爲什麼會捐款？

　　亞里斯多德在《詩學》一書中，曾對「悲劇」與面對悲劇時的反應，提出著名的理論。他說「悲劇」是對一項嚴肅、完整，以及有某種長度之行動的模倣，悲劇以劇情（如希臘悲劇中有名的 Oedipus 王在不知情下弒父娶母之離奇遭遇）引起憐憫與恐懼之感，因之造成這些情緒的宣洩並得到身心上的淨化（catharsis）。

　　若這種說法今日仍然適用，則921震災不祇是「行動的模倣」下之作品，而是悲劇事件本身，更能使觀看者引起對痛苦經驗的同理心

（empathy），以及相關的憐憫及恐懼之情緒，這些情緒之宣洩也要找個出口，流淚、感動、參與當志工或捐款等項都是其中最高貴的出口之一，並因之而獲得情緒與身心的淨化。

人類的「同理心」來自於解讀他人的痛苦感受。倫敦大學院（University College of London，UCL）的 Chris D. Frith 教授及其同仁，最近有一些重要的研究（Singer 等人，2004 ; Singer 等人，2006），可以摘錄並闡述其中若干發現如下：

1. 當受測者看到親人（如夫妻）受到電擊時，會引起一種如同自己受到電擊的痛苦感受，亦即不管是自己受到電擊或看到親人被電擊，都會在位於前額大腦的前扣帶回皮質部（anterior cingulate cortex，ACC）之前區，產生類似的大腦活動激發，亦即所謂的 BOLD 訊號，這是一種在做大腦活動神經造影 fMRI 時，所擷取到的神經活動訊號，這可能就是產生同理心的神經基礎。觀看到別人受苦，畢竟還不能算是自己直接第一手的受苦經驗，因此「同理心」指的是與當事受苦者共通的情感經驗（affective component），這是一種「第三人稱」可以描述的經驗。但兩者親身經驗（第一人稱的個人獨特具私密性，難以言傳的部分）之中，仍有不能共通的直接感官經驗（sensory component），由神經造影中可看到在ACC 的後區，會有不同組型的大腦活動激發。

Singer, T., et al. (2004). Empathy for pain involves the affective but not sensory components of pain. Science , 303 , 1157–1162.

Singer, T., et al. (2006). Empathic neural responses are modulated by the perceived fairness of others. Nature , 439 , 466-469.

2. 憐憫也有殊異性，會受到公平正義（也是屬於情緒類別中的一種感受）知覺結果的影響。在研究中先讓受測者看到其他參與實驗的人，玩一種可以反映人性本質的遊戲，參與實驗遊戲者可被分類為符合與不符合公平正義原則的兩群人。之後讓受測者親眼看到這兩類人接受電擊，發現不管是男性或女性受測者，當看到為人公正的公平遊戲者受到電擊時，都會在 ACC 與前額腦島區（fronto-insular）引起相同的同理心疼痛反應；對被認定為不公平遊戲者遭到電擊時，則與「同理心」相關的反應大幅降低，但與利他性處罰（altruistic punishment）有關腦區之激發則大幅提高，該一腦區與獎賞反應有關，包括報復的快感在內，主要是在大腦左側的阿肯伯氏核（nucleus accumbens）。這種報復性的反應在男性受測者身上尤為明顯。

上述這些有關「憐憫與慈善行為的情感性神經科學」之研究結果，當然無法直接用來說明 921 捐款的道理，但我們可以合理推測，慈善行為有其情感基礎，人在其理智與情感的大腦路線中，應已內建有該一機制，重點是要如何激發出來！首先是要先有悲劇性事件，這點毋庸置疑；接著是自己曾有過類似的受苦經驗，這點比較困難，因為 921 地震是特殊事件，一般人過去的受苦經驗很可能沒包含震災在內，不過類似的災害或受苦經驗是可以類化的，應有其共通成分可以連結起來。最後則是對受苦之人產生親人的感覺，這點也是很重要的，人對遙遠或外國地區發生的災害，不是那麼容易在情感上有直接的聯繫，但是國內發生的災難在媒體密集報導下，可能會很快速的建立起「親人受害受苦」的感覺。上述這些要件在短期內逐一齊備，可能是大量同理心得以產生且

帶動實際捐款的主要因素。但是同理心與同情心也不能被濫用被誤用，假如收受捐款的人或組織未能儘速依公平正義法則使用，甚至有不法之嫌時，捐款人或愛心人士也會發出正義之聲予以聲討，出現「利他性懲罰」的報復行為。若再依上述研究結果推論，則男性更易有這類報復性的攻擊行為。我們不能在此一一覆按921捐款與使用過程中，是否都發生了這些事情，但整體而言還算符合常識的。

921捐款大要

依據全國民間災後重建聯盟（全盟）在921災後隔年六月所作的調查（謝國興，2001），現金捐款總數315億，這是保守估計，未計入利息所得，為列管之項目，尚未包括企業認養學校重建之隱藏性捐款約60億。尚有另一估計為340.7億或內政部重算的354.9億，但已是2002年以後的數據。若以該315億為準，則其中由中央政府收受之134億另成立921震災重建基金會保管使用，111億為民間團體（大部分捐到宗教團體，其中61.74%用在校園重建，11.04%蓋組合屋），58億為縣市政府，11.5億為鄉鎮公所。

921民間捐款大約占政府編列重建經費總額的1/7，由於政府編列經費總額占1.7% GDP，已比國際先進國家災難重建經費的1%為高，因此這次921民間捐款所占之相對比例，遠非同級災難國所能相比（神戶

謝國興（編）（2001）。協力與培力：全國民間災後重建聯盟兩年工作紀要。台北市：全國民間災後重建聯盟。

大地震或 Katrina 風災約 1/25），大概是歷年來全球大災變中最令人印象深刻的捐款了。傅祖壇與楊文山（2002）曾在震災當年 12 月，針對全台 1,158 人調查後，估計全國願意為 921 重建捐款之最高金額為 350 億元，該估計與實際捐款額相差不遠。

可以合理推測很多平常不捐款的人，這次為了 921 都盡可能來捐款。以前的年度捐款數額無如此之高（成立基金會不在此列），且六成以上是捐給宗教團體。不過也因捐款對象太過單一，使得很多社會公益及福利團體，在那一兩年的勸募上遭到了極大困難。

但捐款進來之時，也是疑慮滋生之日。台灣社會最怕愛心被濫用，有心人士開始攻擊，社會上因此瀰漫一股不信任之風，也反映出這個社會信心不足、公權力難以彰顯的弱點。惟 921 相關的檢調與官司雖然不斷，卻很少是因為捐款使用上的弊端。可見大家對捐款的使用仍不敢輕忽，內政部與民間的監控也算嚴格，因此儘管疑慮者多，卻少有成案者，可見不斷的追蹤與公布調查捐款流向，這是很重要的。

傅祖壇與楊文山（2002）。921大地震災後重建經費之民眾捐款意願─CVM法之應用。台北市：中央研究院。

下次什麼時候會來，地震能預測嗎？

921 之後，甚至一直到重建期間，憂心的災民常常會問這個問題，但是沒有人能準確的回答。老實一點的會說：就目前知識，沒辦法確定；會安慰人的則說：發生過後，要比其他地方更慢再來；態度隨便的丟下一句話：以後全台灣最安全的就是這裡；甚至有人沒根據的說：一百年後吧，反正我們都不在了。

這是一個世紀級的大問題，就像在問下一次慧星或小行星何時會撞上地球一樣，充分反應了當前科學的極限性。首先需從長期的地震發生潛勢、短期地震預報、線上即時預警與震後通報四類，分別說明。震後迅速通報是技術上比較容易做到的，台灣就如前述，居有世界領先的地位。長期地震潛勢與短期地震預報，皆屬地震預測（forecasting）之一環，它與震前即時預警，都是當前地震學界最熱門的研究議題，略述如下：

1. 地震預測。長期地震潛勢是從過去歷史、古代地震與斷層帶之監測，配合各地地質條件，畫出較粗略的時間與地區之地震風險圖（hazard map）。該一潛勢預估的不穩定度極高，如前所述在 921 之前鎖定嘉南地區，但沒想到是來自沒注意到的車籠埔斷層。目前唯一勉強算是經修正後成功的例子，是 Parkfield 地震預測實驗（Parkfield Earthquake Prediction Experiment）。Parkfield 乃坐落在加州 San Andreas 斷層帶的小鎮，約有 40 公里長的斷層區，在 1980 年代兩位地震學家 Bill Bakun 與 Allan Lindh 發現該鎮從 1857 年起有六個近似周期性發作的 M = 5.5 ～ 6 地震，因此在 1984 年，史上第一個由國家地震預測評估委員會（NEPEC）認可的地震預測實驗即正式展開，該實驗預測在 1988 ± 4 年之間，會

在 Parkfield 發生 M = 5.5 ～ 6 的地震。此事經 Science 週刊廣為張揚而舉世聞名,但並未發生。惟該實驗並未終止,前三個地震發生在 1922、1934 與 1966,兩兩的間隔各為 12 與 32,專家們認為以 22 年(1988 減去 1966)當為預測基準並不理想,因為看起來發生事件之間的周期有延長傾向,故建議修改為 34 年,亦即 1966 + 34 = 2000,故 2000 ± 4 才是適當的預測年限(Bolt, 2004)。有趣的是,居然真的發生了,就在 2004 年 9 月 28 日,深度 7.9 公里,M_w = 6.0。但在主震之前六天內仍未能偵測到有意義或可靠的前震或其他地震前兆(precursors),所以 Parkfield 地震的發生,雖然記錄了很多強地動及其他重要且值得進一步研究的資料,但大概祇能當為長期而非短期預測來看待。綜歸而言,2004 年 Parkfield 地震的規模與斷層破裂範圍已被正確預測,但來襲時間則否,而且也未在短期內發現前兆與前震。同樣的,在加州與日本所作在短期預測中尋找地震前兆的努力也告失敗(Bakun et al., 2005)。

　　相對於長期預測而言,短期預測及相關前兆的尋求,更像是長久以來地震學家追尋的聖杯(Holy Grail)。1975 年 2 月 4 日(文化大革命仍在進行之時),遼寧省由於發現地表異常抬高傾斜、地磁不尋常變化、遼東半島海岸線升高、動物行為異常、地下水位升高,還有境內不斷有小地震,因此發布警報大地震將在兩天內來臨,疏散後果然在海城一營口地區來了個 M = 7.3 的大地震。這也是中國大陸很多人責難何以在 1976

Bolt, B. A. (2004). Earthquakes (5th Edition). New York : Freeman.

Bakun, W. H., et al. (2005). Implications for prediction and hazard assessment from the 2004 Parkfield earthquake. Nature , 437 , 969-974.

年 7 月 28 日凌晨 3 ：42 唐山大地震前（M ＝ 7.8），未能及時預報，以致造成逾 24 萬人死亡 16 萬人重傷 100 萬人無家可歸的重大災害。2006年唐山大地震三十周年時，唐山經過重建，已由一百萬人成為七百萬人口的主要城市，但還是有人討論國家地震局在唐山地震預報及疏散上的責任，也提及當時離唐山 100 多公里的青龍縣震倒 18 萬間房屋，但因疏散得宜全縣 47 萬人無一死亡。會有這些爭議，主要還是因為有些人一直認為大地震前總會有前兆，有前兆就應該可以作預測。

Bolt（2004）綜合過去曾流行過甚至是怪異的預測方法，發現包括有以動物的感官經驗與移動來預測的；也有以天象異常來解釋，如每179 年星球連線的加總引力作用，造成太陽黑子活動旺盛，太陽風盛行改變地球氣候，引起地表壓力增加造成板塊運動，最後形成地震；天王星與地球之間的引力作用，會造成地震周期性的變化（1950 年代曾在Nature 發表過）；岩石在壓力下破裂，也可預測大地震的發生，這是一種由小看大的「準備期」假說。

近代研究則以在地震活性高之陸地上，測量地殼岩石物理參數之變動，以當為地震前兆之參考，譬如 P 波速度下降、地表抬高與傾斜、水井氫氣含量增多、岩石電阻下降、小地震發生頻率變多等項，中央氣象局也有研究計畫在探討地震前大氣中電離層活動異常之證據。諸如此類，不一而足，但到目前為止都還在起步階段，究竟那幾項指標是可靠的前兆，科學界仍未有共識。

比較麻煩的是主張地球為一複雜系統的專家們。他們認為從根本上來說，某地地震發生時間與規模是機會問題，此稱之為自我組織的臨界

性（self-organized criticality）。一個由大量元素組合的系統（如地球），各元素之間的互動有無窮多的可能性，以致產生混沌行為，有時一點點小的變動（如採礦、打井、挖油），就可能使系統崩潰（地震），因此短期行為的預測是不可能的，此稱之為地震預測的虛無觀點。但是地質與地震學家基本上是經驗論者，比較正統的作法還是一路走一路看，既不太樂觀也不太悲觀，他們對地震預測的態度顯然還是審慎的樂觀（Hough, 2002）。

2. 震前即時預警。這是比長短期預測有希望且進展良好的部分。有一種早期警報系統（EWS）可在強地動來襲之前幾秒到幾十秒內通報，以作短期之應變，目前已在墨西哥、日本、台灣與土耳其應用之中。其原理是透過靠近震央各測站 P 波（低幅震波，比巨幅強地動之 S 波快速）抵達時間之偵測，來定位地震發生之時間與規模（Allen, 2003, 2006）。以台灣為例，從震央到人口密集區之 S 波抵達時間設為 30～35 秒，若扣除計算規模的時間（如 20 秒），則尚有十來秒的餘裕可送出預警，這點時間當然不能與颱風預報可提前三十幾個小時來比擬，但以現今仍無法對地震作較長期預測之科技狀態下，能爭取到十來秒作應變，也不無小補，譬如學校學生與高樓住戶可找堅固地方躲避、特殊作業（如採礦）

Hough, S. E. (2002). Earthquaking science : What we know (and don't know) about earthquakes. Princeton , N. J. : Princeton University Press.

Allen, R. M., & Kanamori, H. (2003). The potential for earthquake early warning in Southern California. Science , 300 , 786-789.

Allen, R. M. (2006). Probabilistic warning times for earthquake ground shaking in the San Francisco Bay Area. Seismological Research Letters , 77 , 371-376.

的撤離、鐵路與捷運系統的減速、發電廠與工廠工地的停機、停止供應瓦斯、醫院緊急醫療（如開刀房）之處理、調整大樓主動控制之參數等。

但是利用破裂早期最初 4 秒之內的 P 波來偵測的有效性，需假設斷層破裂未完成前，即可決定地震規模，否則在規模不致構成大危害的程度時即發布預警，會帶來社會不必要的驚慌，或甚至是假警報。瀑布模式（Cascade Model）認為斷層破裂就像骨牌效應，破裂過程並非一開始破裂即具有決定性（deterministic），所以除非破裂已完成或停止（如 921 的 100 公里斷層破裂需時 28 秒，中國川震的 350 公里斷層破裂則需 40 秒），否則無法決定地震規模，若是如此，則這種幾十秒的所謂「早期預警」，並不能真的帶來多大好處，因為不能排除有假警報的可能。由於這些觀點上的差異，不同陣營的專家仍在爭議之中。如 Olson & Allen（2005）即認為 M > 5.5 的斷層破裂過程，多少具有決定性；但 Rydelek & Horiuchi（2006）仍不以為然。

另外，預警資訊中並非距離震央遠就沒事，因為每個地區的地質結構所引發的土壤放大效應或液化現象，亦可能帶來重大損害，如 921 的台北市與彰化員林鎮。1989 年加州 Loma Prieta 地震中，聖荷西市（San Jose）震波幅度雖不如舊金山市，但仍帶來極大的損害。

Olson, E. L., & Allen, R. M. (2005). The deterministic nature of earthquake rupture. Nature, 438, 212-215.

Rydelek, P., & Horiuchi, S. (2006). Is earthquake rupture deterministic? Nature, 442, E5–E6.

不幸中的大幸

　　地震時最怕發生下列三種狀況：（1）在人口與大樓密集之都會區；（2）在白天上班與學生上學時；（3）持續大火。阪神・淡路大地震（1995 年 1 月 17 日凌晨 5：46，Mw ＝ 6.9，共六千多人死亡，神戶市就占了四千五百多人，損失約十兆日圓，為當時日本 GDP 的 2.5％ 左右）損害規模特大，就是因為碰到了第一種狀況。印度 2001 年 1 月 26 日早上 8：46 Bhuj 大地震，以及中國 2008 年 5 月 12 日下午 2：28 四川大地震，就是第二種狀況，造成為數不少的學生傷亡。已經成為教科書經典個案的舊金山大地震（1906），以及關東大地震（1923），在大火持續不退下，損失慘重。

　　921 地震同時避開了這三種致命的情況，其傷亡及損失亦遠低於上述所提的各個地震，可謂不幸中的大幸。但是 921 仍造成很嚴重之後果，其理由大約如下：

　　1. 板塊擠壓規模大，M_w ＝ 7.6（M_L ＝ 7.3）。台灣位在環太平洋地震帶上，亦即所謂的「太平洋火環」（Ring of Fire），海床滿佈火山與海溝，全球約 80％ 地震發生在這個地帶。菲律賓海板塊經常碰撞與擠壓歐亞大陸板塊，但不易理出其中的規律性，亦難以辨認前兆與作穩定的預測。這次在中台灣西部造成淺層（震源在集集鎮附近地下約 8 公里處，震央為東經 120.816 度，北緯 23.853 度）走滑的車籠埔逆斷層地震，引發地面的強地動，中央氣象局測定芮氏局部規模（local magnitude）為 M_L ＝ 7.3，美國 USGS 採力矩規模（moment magnitude）為 M_w ＝ 7.6。早期的芮氏規模主要是測量規模 7 以下，離震央 600 公里內之地震，以描述地表之高頻振動。M_L 係以震波最大振幅（單位：微米）取其對數（以

10 為底）所得之指標，所以在未矯正測量距離與不同波型之間距時，M ＝ 6.0（最大振幅為 10^6 微米時）比 M ＝ 5.0 所測得的最大震幅大 10 倍，但能量則差 32 倍。M_L 容許有負值，當最大振幅小於 1 微米時。M_w 是研究上常用的指標，主要在測量大地震，考量長周期波的能量以及地震的總體規模，比較能顯示地震的大小（Bolt, 1993）。所以在台灣對 921 的總體規模有兩種指標，一為 M_L ＝ 7.3，一為 M_w ＝ 7.6，指的都是同一件事情。

2. 破裂斷層線長約 100 公里，破裂持續 28 秒。車籠埔斷層為南北走向，暴裂時向西逆衝，（所以斷層線東邊稱為上盤，西邊稱為下盤，一般而言上盤比下盤災情嚴重），隆起高度由南至北遞增，從南到北的連續破裂約 80-90 公里；往北後以順時鐘方向折 90 度為東西向（石岡—雙崎斷層），長約 15 公里的破裂，該破裂方式與車籠埔斷層之連續型破裂相比，形成的是較短的片斷且不連續，造成較大的垂直拱抬（達 8-10 公尺）與地表的損壞（Kao & Chen, 2000；Lee 等人，2002）。該 100 公里左右的斷層線，從竹山桶頭經名間、草屯、豐原，轉石岡、東勢至卓蘭的內灣，造成南投、台中縣市、苗栗的地表破裂，且因破裂持續 28 秒，更多縣

Bolt, B. A. (1993). Earthquakes and geological discovery. New York : Scientific American Library.

Kao, H., & Chen, W. P. (2000). The Chi-Chi earthquake sequence : Active, out-of-sequence thrust faulting in Taiwan. Science, 288, 2346-2349.

Lee, J. C., et al. (2002). Geometry and structure of northern surface ruptures of the 1999 Mw＝7.6 Chi-Chi Taiwan earthquake : influence from inherited fold belt structures. Journal of Structural Geology, 24, 173-192.

市有地殼變形之結果。$M_w = 6.9$ 的神戶大地震斷層破裂約 50 公里，破裂時間歷時 20 秒，相對而言，921 有較猛烈且較長之破裂。

3. 最大地表加速度（peak ground acceleration , PGA）相當高，甚至達到一個重力加速度（1g 或 980 gal），在離震央十公里外之日月潭測站測得之顛峰值為 989 gal，在石岡壩外 500 公尺石岡國小測站為 502 與 519gal（Kung , Ni , & Chiang , 2001）。因此之故，地層搖晃劇烈，常導致基地土壤液化，承載力因之消減，房廈損害甚為嚴重。

4. 能量高。依據馬國鳳教授等人（Ma et al., 2006）所進行的台灣車籠埔斷層鑽井計畫（近大坑地區），發現在往下鑽到 1 公里多時，即可見車籠埔斷層區有一 12cm 的主錯動區（primary slip zone）泥塊，判定為幾個（4 ～ 33 次）過去地震的錯動區交疊，其中有一約 2cm 的新錯動區（表現 921 的 major slip zone），由此 2cm 新錯動區的顆粒大小及密度反估單次之表層破裂能量，大約祇是斷層破裂真正能量的 6%，其中熱能占多數，造成岩石熔融產生潤滑，使車籠埔斷層北段出現較大錯動量。依此估計 921 地震總能量，相當於 115 顆原子彈的爆炸量。

5. 921 地震讓後續的土石流災害更為加劇。陳宏宇教授等人（Dadson et al., 2003）指出，台灣過去幾十年的土石沖蝕，與地震和颱風

Kung, C. S., Ni, W. P., & Chiang, V. J. (2001). Damage and rehabilitation work of Shih-Kang Dam. Seismic Fault-induced Failures (January) , 33-48.

Ma, K. F., et al. (2006). Slip zone and energetics of a large earthquake from the Taiwan Chelungpu-fault Drilling Project. Nature , 444 , 473-476.

Dadson, S. J., et al. (2003). Links between erosion , runoff variability and seismicity in the Taiwan orogen. Nature , 426 , 648-651.

脫離不了關係，921地震可能會提高中台灣與北部的土石沖蝕率。這點可由桃芝（2001）與敏督利（2004）幾個颱風中，大量土石沉積流入陳有蘭溪與大甲溪，沿途造成重大災害，即可看出除了雨量過大之原因外，可能與921地震弄鬆中部以及北部山區土石有極大關係。林慶偉、陳宏宇與林俊全教授（王錦華等人，2005）比較1996年賀伯與2001桃芝颱風在濁水溪流域內之表現，判定921加劇了後續災害發生時所產生之土石流與崩塌區。兩次颱風之最大小時降雨強度相差有限（50-80 mm/hr），賀伯之最大累積降雨量約2,000 mm（毫米），桃芝750 mm，賀伯造成9.77平方公里的崩塌，但桃芝則有48.8平方公里。因此，在展開重建時，中台灣四大流域（濁水溪與陳有蘭溪、大安溪、大甲溪、烏溪）的上中下游聯合整治，對穩定及清除山中與沿岸土石以減低土石流災害，是一件必須重視的大規劃。

6. 暴露出嚴重的違建、產權不清、土地不當利用、建築設計與結構等問題。這是台灣鄉村地區普遍存在的問題，碰到921之後全部暴露出來，對重建造成很大的困擾，都會型地震則比較不會遭遇到這類問題。由於受損區域全半倒房屋，有甚多違建、產權不清與土地不當利用的個案，因此在申請住宅重建或重購貸款、產權分割、地籍圖重測、新社區開發等項上，都易致糾紛。有人提議在鄉村地區，土地產權問題本來就難以理出頭緒，何不就地合法以利後續的重建？但國有國法，縱使在緊急命令半年有效期間，也沒人認同這種作法，所以還是要一件一件在暫

王錦華等人（2005）。921集集大地震。台北市：國科會。

行條例及其子法的基礎上，予以解套。至於建築設計與結構問題，更是存在久遠。學校極端脆弱，損壞 1,500 多所全倒 293 所中，很多是老舊建築，有老背少的，有一字長蛇陣的，當坐落方向與震波方向垂直時，就應聲而倒（橋梁亦同）。校舍建築需較多窗口採光與通風，但設計不良時常有「短柱效應」，窗戶將中間柱束制，使柱之抗彎矩的有效長度變短，被迫承受大量剪力而破壞。

　　蔡克銓與張國鎮教授指出（王錦華等人，2005），台灣建築過去常發現的問題，這次終於通不過考驗，包括有底下若干因素：軟弱層結構，如底樓為騎樓或挑高，牆壁量較上部樓層少；各種不良設計，如非結構牆設計不良、耐震結構系統不良、有效柱斷面太小；施工品質不佳，如主筋搭接長度不足、箍筋彎鉤不足間距太大、梁柱斷面有雜物；監工不良；建物變更使用類別；違建，包括在非建築土地上興建、未申請建照、在既有建物上搭違建等。921 時注意力集中在住宅與學校上，其實近千座受損的橋梁亦有類似問題，有一種是難以抗拒的，如橋梁走向與震波垂直，應聲而倒，再重建時恐怕也難依此原則完全避開衝擊，因為它不像學校重建，可以將一字長蛇陣的校舍改建成 U 型或 L 型，以增抗震力。另一種則是台灣普遍存在的老舊橋梁問題，災害沒發生時大家得過且過，發生了再來設法。

　　橋梁修復與重建的原則是「大震不倒、中震可修」，至於小震，當然不應受到影響。住宅類的建物，則將抗震係數提高，由地震二區（可抗最大地表加速度 PGA 達 0.23g）提升為一甲區（0.33g），並修訂其他耐震補強的技術規則。921 住宅重建時所碰到的問題，其實都不是上述這

些，主要還是財務與產權問題，如舊貸款可否請銀行概括承受？大樓倒了可否請政府代位求償（政府代替災民向建商求償，官司打贏了，錢歸政府，但原來買那棟大樓的錢要先給住戶）？大樓修繕可否請政府負擔大部分？在做都市更新時，部分大樓住戶不願參與重建，如何買回他們持分產權把房子蓋起來，房子建好後政府是否已準備好做二房東？諸如此類的問題，將在重建過程中一一出現，再予解套。

7. 中台灣原有的五大觀光路線（日月潭、信義鄉東埔溫泉、溪頭與杉林溪、埔里—霧社—廬山溫泉—清境農場、谷關）在921後山崩路毀，常有土石流威脅，經營非常困難。小鎮小農經濟，在道路橋梁崩毀，住宅全半倒，以及觀光受到嚴重打擊下，是一片支離破碎的景象。上述兩者又是中部災區的主力，晚上走在街道上燈光昏暗，難以預期何時會恢復舊觀。

8. 就學就業就醫就養的難題，既廣且深。大量臨時教室等待興建，校舍需要修繕重建，國中小學童的就學問題，是每個人心中的痛。中部受災區一向屬於社經困窘區，大震之後帶來嚴重的就業困難，以工代賑祇能解決部分，更重要的是如何讓災民參與龐大的公共工程工作，但是他們的專業能力足以因應嗎？大型災難之後，最擔心的是在缺乏社會與社區支援網絡下，如何防止自殺潮的蔓延，如何防止創傷後壓力症候群（PTSD）的產生，這些都需有周全的社福措施與心理支援系統。中部災區一向是人口外流區，老人比例偏高，大震之後的就醫與就養問題特別嚴重，如何馬上介入處理？

上述所提八項，只是從表面上很快獲得的印象，但日後愈往裡面

走，問題愈多且愈難解決，此時所需要的不衹是愛心與耐心，更需有能有效解決問題的宏觀策略與特殊作法。

生命總會找到出口：
不要讓昨日的災難變成不能自拔的夢魘

這次危機的重量不會決定這個國家的命運。

（The weight of this crisis will not determine the destiny of this nation）

——歐巴馬 2009 年 2 月 25 日美國國會演說

再也沒有比希望更能安慰人心的了；

命運甚至要對勇氣低頭。

——吉朋（Edward Gibbon）《羅馬帝國興亡史》

救人苦難是菩薩，

給人希望是天使。

—— 921

　　災難是原有生活狀態與慣常運作秩序的崩解，重建則旨在恢復原有生活秩序，並嘗試重構更好的未來願景，此一過程往往耗時甚久（大約六年的 921 重建），需將災民與國民的心理及行為時時放在心上，並及時納入當為重建的元素，而非視之為事後才要處理的「併發症」，或者是視之為妨礙重建的干擾因素，給予負面的評價。譬如說，大家都關心在災難之後可能發生的心理與生活適應不良、精神狀態異常、創傷後壓力異常（PTSD）與自殺等項，但這些症狀不宜視之為孤立的存在，因為它們都可能與來自災難之後，社會經濟條件變得困窘、社會支援網絡不足、親人死亡與災難經驗太過鮮明等項因素有關，所以在協助緩解這些症狀時，盡量要把它們納入重建的一環，同時弄好社會經濟與社區網絡

的支撐條件，以達到緩解症狀的目的。這就像一位學生因課業進修遭遇挫折，而引發沮喪或焦慮，在危機介入上施予藥物或心理治療是短期應作之措施，但中長期而言還是要協助他解決課業問題重建信心，才是根本之計。底下將簡述災難經驗的本質，災難後的心理反應，921後的自殺與PTSD，以及如何協助症狀的緩解。

災難經驗的本質

我們在1993年曾訪視南部易致颱風與洪水災害地區及非災區之居民，以了解其對各類災害風險之看法，並以因素分析的方法，抽取出災難知覺中的兩大成分，一爲「影響嚴重性」一爲「不可預測及不可控制性」，如下圖所示。其中橫軸可解釋總體災難知覺的47%變異量，縱軸可解釋13%，至於其他約40%的變異量則需靠其他因素來解釋。

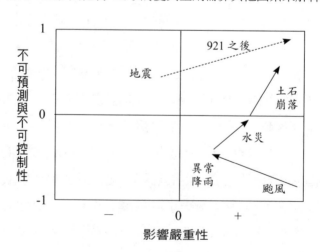

　　圖中「颱風」所在的位置表示，它的可以預測性高（因有提前數十小時之颱風預報）但有影響嚴重的災害程度。「地震」的不可預測與不可控制性相當高（因難以預報），但災害影響尚可，這可能是因為過去數十年來並無重大地震災害所得到的主觀印象。虛線部分是指在 921 地震之後，國人對地震可能有的主觀評價之變化，尚待進一步研究證實。

災難後的心理反應

　　災難之後常見的兩種心理反應，一為沮喪（depression），一為焦慮（anxiety）。沮喪是對已發生事件如親友死亡、無家可歸的情緒反應，總體記憶力變差且經常想到負面事件。一般重大生活事件的壓力，可用防衛機轉與因應（coping）等正常方式處理，唯若創傷力道過強，則仍可能崩潰，引發沮喪→出現自殺意念→嘗試自殺→自殺之不良系列性反應，專業上可利用觀察其出現之症狀數目、悲觀傾向等指標，予以判斷。

　　焦慮是對可能發生之威脅，如失業、後續餘震、親人再度遭遇危險、交通意外等項，經常高估其發生之可能性，常有擔心、不確定情緒。依據美國精神醫學會的診斷與統計手冊 DSM-IV，焦慮有六種病態表現：一般化焦慮異常、社會性恐懼、簡單性恐懼、驚慌異常、PTSD、與偏執（obssessive-compulsive disorder）。

　　PTSD 常有強烈的害怕、無助與驚恐，經常有片斷式回憶（flashbacks）、作噩夢及解離的情緒，與一般壓力源引起之情緒反應不

同，它來自急性的壓力異常，若無法適應則可能發展出 PTSD。PTSD 是遺傳與環境互動最出名之例子。依最近的研究，在 PTSD 之前若有海馬迴（hippocampus）容量減少之現象（因為受到過去壓力激素之傷害），則較易在戰爭之後，如越戰、沙漠風暴，發展出 PTSD（Gross & Hen, 2004）。PTSD 是焦慮症中的一種類型，所以與沮喪或長期壓力的生理反應組型是不同的，技術上而言，PTSD 與沮喪剛好處於 HPA 軸線（hypothalamic-pituitary-adrenal axis）的兩端，它們在一些生理指標（如 CRF、ACTH 與 cortisol）的檢定值上，分屬不同的兩種反應組型。該一認知有助於我們把沮喪與自殺、焦慮及 PTSD，區分開來，在概念上較為清楚。

PTSD 的症狀表現會因暴露於災難之創傷量而增加，但會隨時間而減少，惟一般認為長期下來仍不可低估。Breslau 等人（1998）指出，在 1996 年底特律區創傷調查（1996 Detroit Area Survey of Trauma）中發現，因不同性質創傷發生的 PTSD 比例如下：暴力 21％，性侵害 24-49％，嚴重毆打 31.9％，被刺或槍傷 15％，重大意外傷害 16.8％，親密親友突然死亡 14.3％。女性的發生率約男性的兩倍以上。Dohrenwend 等人

Gross, C., & Hen, R. (2004). The developmental origins of anxiety. Nature Reviews Neuroscience , 5 , 545-552.

Breslau, N., et al. (1998). Trauma and posttraumatic stress disorder in the community: The 1996 Detroit Area Survey of Trauma. Archives of General Psychiatry , 55 , 626-632.

Dohrenwend, B.R., et al. (2006). The psychological risks of Vietnam for U.S. veterans: A revisit with new data and methods. Science , 313 , 979-982.

（2006）重新檢視 1988 年接受臨床診斷的 1,200 位越戰退伍軍人的 PTSD
資料，指出其中有 18.7％ 的人在其一生中會發展出與戰爭經驗有關的
PTSD，且 9.1％ 的人在戰後 11 ～ 12 年仍有 PTSD 症狀，未獲緩解。
Miller（2005）在其報導中指出，世界衛生組織（WHO）在 2005 年 2 月
估計南亞大海嘯受影響的五百萬人中，約一半以上的人會隨時間而恢
復，5 ～ 10％ 的人則可能發展出較持久的沮喪、焦慮或 PTSD（片斷回
想、情感疏離、睡眠困擾或其他症狀），約 1 ～ 2％ 的人可能發展出嚴重
的憂鬱症或精神病，但多數研究者認為亞洲人的家庭與社區聯結良好，
促使災民堅毅（resilient）面對災難。這些資料雖各有不同，但都有助於
我們在比對 921 時的參考。

921的自殺與PTSD

由於日本 1995 年阪神‧淡路大地震後，發現有自殺率下降趨勢，
有人因此推論 921 災區亦應有自殺率下降的現象，其理由是認為由於
災民需分心處理重建事務、外界湧入之資源與關懷多、自行或因家庭社
區之緊密聯繫而發展出堅毅的因應行為，有以致之。但資料顯示並非如
此。Shioiri 等人（1999）雖發現 1995 地震後神戶市的男性自殺率反而
降低，但將其理由歸因於高樓自殺件數大量減少之故，因為神戶市多數

Miller, G. (2005). The Tsunami's psychological aftermath. Science , 309 , 1030-1033.
Shioiri, T., et al. (1999). The Kobe earthquake and reduced suicide rate in Japanese
    males. Archives of General Psychiatry , 56 , 282-283.

高樓倒塌，使得採行由上往下跳方式自殺的案件因無大樓而減少。這種
情形與過去台灣禁止販售農藥巴拉松的第一、二年，自殺率因之下降一
樣，可能是想要仿效以前服用巴拉松自殺的人，因爲找不到自殺時慣用
的巴拉松，時間一耽擱念頭一轉，就不再自殺的大有人在。

　　但是上述的幸運案例，並未發生在 921 之後。Chou 等人（2003）估
計災民在地震後的自殺率約是非災民的 1.46 倍。Yang 等人（2005）從
72 個月（包括震前 45 個月與震後 27 個月）的統計資料中，發現受害震
區的月平均自殺率，從每月 10 萬人 1.1 人升爲 1.567 人，平均增幅爲
42.3%。但在廣義災區中未直接受損的控制組，則無變化。該一變化趨
勢主要發生在震後的前十個月內，自殺率先升後降，在震後十個月之後
回歸基礎線。

　　依此看來，921 災區在震後十個月內確有自殺率升高的現象，但也
不致於如一些新聞報導所說的在一兩年或兩三年後，還是哀鴻遍野自
殺連連。其原因與心理學上所說的資料可及性之固有成見（availability
heuristic）有關，災區因是大家焦點所注視的，一有自殺案件就容易作放
大式解釋，以致高估其發生率。但是在回應時也是相當爲難，因爲雖然
可就手上資料予以說明，但也不能說得好像災區沒人自殺一樣，縱使說
災區自殺率並沒有升高，也會有人說你沒同情心，不知苦民之所苦。所

Chou, Y. J., et al. (2003). Suicides after the 1999 Taiwan earthquake. International Journal of Epidemiology , 32 , 1007-1014.

Yang, C. H., et al. (2005). Suicide trends following the Taiwan earthquake of 1999 : empirical evidence and policy implications. Acta Psychiatrica Scandinavica , 112 , 442-448.

以呢，你一定要全力以赴，而且要掌握住社經困窘的弱勢及老年人的資料，並建立特別關懷口卡，隨時提供支援，以抒解社會關心人士的焦慮並回應大家的愛心。

至於 PTSD 的部分，陳淑惠與吳英璋等人（Chen , et al., 2002 a , 2002 b；Chen & Wu , 2006）發現高受災區成人，在震後三個月之後出現較多身心反應，有較多創傷後心理症狀；受損較嚴重或全倒學校學生，有較多之 PTSD 症狀；東勢與埔里的國中小學生，在一年後仍主訴有再度經歷災變與逃避的 PTSD 症狀，且有不同暴露程度之效應（dose effect）；PTSD 症狀在兩年之間有逐年下降趨勢。

吳英璋與許文耀（2004）綜合震後三年的災難心理反應研究文獻，認為女性災民比男性有較多之 PTSD；教育程度愈低、年齡愈大者也有較多之 PTSD 症狀。這些是屬於「前災難因子」，亦即性別、教育程度、年齡係一生所擁有的，與災難無關，但碰到災難時會反應出它們的效

Chen, S. H., et al. (2002 a). Posttraumatic stress reactions in children and adolescents one year after the 1999 Taiwan Chi-Chi earthquake. Journal of the Chinese Institute of Engineers , 25 , 597-608.

Chen, S. H., et al. (2002 b). Trauma and psychosocial aftermath among high- and low-exposure adults three months post the 921 Chi-Chi earthquake in Taiwan . Chinese Journal of Psychology , 44 , 167-188.

Chen, S. H., & Wu, Y. C. (2006). Changes of PTSD symptoms and school reconstruction : A two-year prospective study of children and adolescents after the Taiwan 921 earthquake. Natural Hazards , 37 , 225-244.

吳英璋與許文耀（2004）。災難心理反應及其影響因子之文獻探討。臨床心理學刊，一卷2期，頁85-96。

應。「當下的災難因子」亦有影響，如創傷程度愈大，PTSD 亦多（此稱之為劑量效應）。「後災難因子」指的是，當社會支持度愈低或資源流失愈多時，PTSD 愈多。他們指出就整體而言，後災難因子對 PTSD 的影響可能最大。該一推論符合我們在現場所獲得的印象，而「後災難因子」也是在重建過程中，比較可以著力改善的部分。這三類因子應可當爲日後類似災難時的高危險群篩檢標準。

　　與上述推論相關的研究，是洪福建（2003）在東勢鎮追蹤調查的博士學位論文。他發現在災難事件嚴重程度大且因應資源不足時，會牽動對災後環境變動的壓力增大，並出現較多的創傷後身心反應與負向情緒。若受災者傾向作負向的認知評估，則會增多不利的身心反應；若能採分心策略，則較能作有效因應。另外，隨著 921 過後的時間愈久，災難當下因素的影響漸趨式微，但災後因應資源的變化、認知評估與因應策略等項因素，轉趨重要，若能有效搭配則有較好之身心反應成效。這些結果與常識性想法及實地所見，尚稱吻合。

　　在 921 之後，大家最關心的心理適應與心理重建問題，除了自殺事件之外，就是 PTSD 的發生率及其變化。陳淑惠、吳英璋與洪福建（Chen, Wu, & Hung, 2004）就其在埔里與東勢所作之四年追蹤研究，推估

洪福建（2003）。921震災受創者災後身心反應之變動與維持：災後環境壓力、因應資源與因應歷程的追蹤研究。台北市：台大心理系博士學位論文。

Chen, S. H., Wu, Y. C., & Hung, F. C. (2004). Psychosocial adjustment along the posttraumatic flow in adult survivors of the Taiwan 1999 earthquake : A four-year longitudinal study. Paper presented at the International Conference in Commemoration of the 5th Anniversary of the 1999 Chi-Chi Earthquake, Taipei.

震後三年，成年人在記憶失能、身體及背部疼痛、睡眠等問題上，都還有 30％ 左右的主訴症狀，並沒有多大改善；但在擔心地震再來（焦慮）與易怒等項上，則有明顯改進，從原先的 40％ 左右降爲不到 20％。就埔里資料（187 人，男 54 人 女 133 人）所作的推估，若依照 DSM-IV 系統（精神疾病診斷統計手冊第四版）的診斷標準，則在嚴格定義下的完全型 PTSD（full PTSD），約從 9％ 降爲 3％，比國際上的重大震後數據低，其理由並不容易下定論。最初的 9％ 似尚合理，Lai 等人（Lai et al., 2004）以 252 位受訪者所作之估計，完全型 PTSD 之發生率約爲 10.3％，國內宋維村醫師在 921 災後隔年 2 月之估計，亦約 10％ 左右。至於在震後三年間由 9％ 降到 3％，則可能涉及「堅毅性」（resiliency）現象。Seplaki 等人（Seplaki, et al., 2006）認爲低社經地位、社會隔離者、女性有較高之主訴憂鬱現象；在地震中遭受損失的結果會在 54-70 歲人身上造成最大的負面心理效應，可能是需在災後負擔更大責任之故；老年人則較爲堅強。這類相對而言具有不同堅毅性的現象，可能與需要分心事務之多寡、外界關懷的質量、在地與家庭社區之支援、台灣農村純樸勤勞與耐力等因素有關。震後三年期間，上述各項因素的正向成分逐漸增加並發揮效果，因之提升對抗災難的堅毅性，使 PTSD 的罹患率逐

Lai, T. J., Chang, C. M., Connor, K.M., Lee, L. C., & Davidson, J.R.T. (2004). Full and partial PTSD among earthquake survivors in rural Taiwan. Journal of Psychiatric Research , 38 , 313-322.

Seplaki, C. L., et al. (2006). Before and after the 1999 Chi-Chi earthquake : Traumatic events and depressive symptoms in an older population. Social Science & Medicine , 62 , 3121-3132.

步下降。

救人苦難與給人希望

921後民間捐款大量湧進，有些地方利用一些錢作點彩繪、歌唱、以及宣慰等活動，當為「心靈重建」的一部分。結果引起若干「實際取向」，心中認為救急救難才是最迫切的人，批評這些活動太過花錢而且又沒什麼用處，於是雙方互相責罵，一度鬧得不可開交。

其實心靈重建也者，還是有很多要講究之處，若作得恰如其分確實會有效果的，試舉三例如下：

1. 心理復健網絡的設立。首先由衛生署於2000年3月在南投及台中縣市建立災區自殺防治通報系統，並就近派員協助輔導；同年6月則成立台中區與南投區的災難心理衛生服務中心，並作高危險群之列管與統計。921重建會藉此協助推動高關懷計畫，建置高危險戶卡與高危險群口卡，並結合相關單位列案辦理。重建會另結合重建區國中小推動生命教育計畫，先從東勢試辦，台大、政大、中原心理系便是其中的主力團隊，曉明女中在課程與教材上亦有重要貢獻。以前省教育廳與教育部首開生命教育之先河，不過要講成效，921災區應是最特殊的，因為受教學生大部分對生命已有真正感覺，教起來容易有反應。

2. 苦難與希望是共同演進的，究竟是應先解決社會經濟困境或先讓人充滿希望，並不易作切割，自殺率的起伏就與經濟狀況與失業率有一定關聯性在。生命需要堅毅面對，並應賦予統合性與獲得尊嚴，但這是

非常抽象的原則，需要實踐方法。當生命碰上災難，生命開始有形狀，從外地來關心並蹲點的人，若能調整心態不讓災民覺得你是急著在給恩惠，則無私與有耐心的愛及關懷，往往會在無意中成為小孩的角色標竿（role model），這些災區小孩也因此學到了應對進退有禮有節落落大方。沒有被實質關懷過的人，常難以學到如何對別人作出愛與關懷的表現，因此災區內的關懷互動常能獲得正面的效果。

高雄市的鄭智仁醫師有一首自塡自唱的曲子《天總是攏會光》（可上 Google 點聽），在重建區一再被唱出，唱的人大部分不是災民，因為他們很多不是唱這種歌的人，但是他們很喜歡都會區的年輕人來唱這首歌，聽著聽著，眼淚都掉下來了，那一天晚上他們一定睡得好些，因為歌聲中傳遞著希望的想像。心理學上有一種理論叫做「自我實現的預言」（self-fulfilling prophecy），你若認為未來是有希望的，就會努力朝那方向走去，好像「有希望」的預言會自己實現似的。

3. 愛心與專業人士如兒福聯盟做了很多實際的事情，他們幫忙孤兒（134 位失依兒童）找安頓之處，具體協助老年與弱勢者，包括送餐在內。之後各地設立的生活重建服務中心共 38 處，專人有 111 人之多，以專業社工人員及民間人士為主，貢獻良多。921 重建會生活重建處的許志銘處長（從教育部中辦全職調兼），那時就認養了竹山社寮里災區同一家庭的五位孤兒，替他／她們作學業、行為、就業的輔導，並代籌各項就學生活費用，鼓勵互相照顧自力更生，現在最小的都已高中畢業了。草屯的邱鏡禧與中寮的廖振益等人在災後即作了很長久的老人送餐工作，重建大體底定後，他們仍持續的在做這些事情；類似的工作在東

勢、埔里等地有更多事例，在此無法一一細述。

　　凡此種種，從苦難中掙扎著站起來的生命，日後回想起來雖常有恍若一夢的感覺，但大部分都確實已走在人生的坦途上，對過去幫助走過這一段的人與過程，常懷感激之心。這種「點滴工程」在眞正面對時，往往像在交織的黑暗之中找不到出路，但是祇要心中抱持希望，一步一步捱著往前走，總會在最後看到一絲亮光，然後雨過天青。感謝永不離棄在旁一路相助的人，他們說不定有一陣子是想要離開這傷心地的，但是他們還是留到最後一直看到燈光亮起。有心是最重要的，旁邊的人有心，當事人找回自己的心，則諸事開始有個起點。當災民不把自己當災民時，災區的活力自然就表現出來了。

921 的三個關鍵周年：在批判聲中重建

　　美國 Katrina 風災（2005 年 8 月 31 日）一年半之後，我到姊妹校 Tulane 大學（號稱南方哈佛）回訪洽公，本想與 Katrina 風災後負責學校救災與復原的副校長 Paul Whelton 再好好聊聊，但他已到芝加哥 Carlyle 大學當校長，祇好作罷。現在負責醫學中心的 Alan Miller 也有深入了解，看起來還是憂心忡忡。之後在陳紫郎教授安排下，順道去看了紐奧良災區的重建進度，發現復建速度果然緩慢，除了一些當年肇禍的水堤，如 17 街運河、倫敦大街運河、工業運河等處，皆已修復外，很多房子仍大量以破損的方式擺在那邊，工程車輛及人員稀稀落落，災民也多不在當地，一幅殘破又無趕工的景象。我告訴陳教授這在台灣是不可思議的，假如這種樣子發生在台灣，不知道有多少負責官員會被調查或調整職務。在 Tulane 大學碰到幾位身歷其境或參與重建計畫的教授，他們對 Katrina 的救災、安置與重建，個個都是搖頭嚴批，尤其對政府部門大不以為然，讓我覺得好像又回到台灣 921 的早期現場。

　　Tulane 大學參與甚多救災與復原工作，其附屬醫院雖主要由 HCA（Hospital Corporation of America）所擁有及經營，但與 Tulane 大學醫學院緊密結盟，在 Bill Carey（2006）的書中，詳述了醫院應變及疏散過程。歷史系教授 Douglas Brinkley（2006）出版的《*Katrina*》大部頭書，則登上紐約時報暢銷書排行榜。我另外仔細閱讀由紐奧良當地主要報紙《*The Times-Picayune*》於 2006 年出版，並獲普立茲獎的書中，重新了解到

Carey, B. (2006). Leave no one behind.　Nashville : Clearbrook Press.

Brinkley , D. (2006). The great deluge.　New York : HarperCollins.

The Times-Picayune (2006). Katrina : The ruin and recovery of New Orleans.　New Orleans : The Times-Picayune.

Katrina 帶來的龐大災害。

在921過了一年半時，我還在負責政府的整個重建工作，深知其無法令人滿意之處。我告訴他們，沒有三年以上時間，災民與社會是不可能對政府部門放鬆批判的，希望再過另一個一年半，事情會有好轉。他們聽了，多少覺得安慰一些。其實以 Katrina 這種十倍於921的災害（雖死亡超過1,836人，仍不及921與神戶，遑論川震，但總損失超過810億美元，聯邦政府編列的重建經費1,100億美元，約占1.1% GDP），美國是否真能在三年之間就理出頭緒，不是那麼容易下定論，尤其是了解到居然還有那麼多仍住在全美各地，由政府支付旅館費的災民，根本就沒回來災區一起重建。紐奧良的一些統計數字也很嚇人，《時代周刊》（Time, 2007）的調查發現，紐奧良人口從災前的45萬人降為26.5萬，公共運輸搭乘量從災前的12.4萬降為2萬，公立中小學學生數則由7.8萬人降為2.6萬。這些都是921之後沒有在災區發生的事，但我們有其他困難的問題要處理，921的前面三年是怎麼走出來的？

921前面三個周年是批判聲最密集的三年，過了之後大約也就大事底定，沒再有什麼太特殊的事件。第一個周年以災盟（921大地震受災戶聯盟，由中部地區47處受災大樓自救會所組成）為主，很多黨派人物齊聚中興新村聲討。第二個周年碰上縣市長與立委選舉，政黨發動攻擊，四處烽火。第三個周年則由立法院在野黨團發動，戰區移到立法院。

Time（2007, August 13）. New Orleans after Katrina.

重建起步時的困難

前面已交待過在 2000 年 1 月底，行政院 921 重建會形同解散，業務回歸各部會，沒有統一窗口的時間長達四、五個月，剛好又在重建啓動的關鍵期，很多事情的推動效能大打折扣。單純的項目或經費與權責明確的工作還好，如道路橋梁（中央部會負全責）、觀光復甦（以民間為主體），但在政府與民間互動複雜或地方政府涉入多的項目上，如住宅與學校重建、失業與就業、產業復甦等項，則碰到極大的困難，一些應依實際狀況修訂的法令、該調整的作法，以及應再寬籌的經費，也就耽擱了下來。剛從經建會退休的王雪玉講得很傳神，她說在 2000 年 6 月全職調兼到重建會當企劃處副處長時，從接觸的業務與個案中強烈感覺到，好像大地震才發生兩個多禮拜，而不是已經過了半年多。

道路橋梁戮力重建，績效卓著，是災區重建的主要穩定力量。921災區的 981 座橋梁中有 26 座嚴重受損，大都在 2001 年前完成復建，若能指定優良廠商進駐，更可能在五個月內完工（如龍門橋與鯉魚橋，都在 2000 年 5 月即已通車），而耐震、強度與韌性能力之提升，也都逐步落實在法令規章與工程計畫之中（資料來源：世曦工程顧問公司張荻薇總經理）。但是一些指標性的困難工程，如中橫台 8 與台 8 甲、溪阿安定彎、法治村聯外道路、台 21（信義鄉，沿陳有蘭溪的新中橫）、草嶺、九份二山、九九峰等項，則仍存在甚多爭議以及如何復建的問題。在全面性的公共工程建設上，量體甚大，整個台灣的工程執行能量不足以快速因應，以致時有效能受到批評之情事。

在大地工程上最廣為周知的莫過於土石流何時了的問題，它不祇經常對人命安全構成威脅，也嚴重影響觀光業的經營。依據1923年日本關東大地震的經驗，引發土石流的臨界降雨量約為震前的一半，且經過四、五十年才恢復到大地震前之水準。台大地質系陳宏宇教授則認為台灣地質尚屬年輕，有足夠的資料可說明921中部地區的土石崩塌量可能已在八、九年內回歸震前水準，且最近的主要颱風災區已不再發生在921中部地區（921地震重建檢視系列，2009）。

不過不管是四十年或十年，總要提防在前三年於集水區中崩塌或鬆動的土石，等待急雨大雨藉機順山溝而下，沖到河川的上中游，一路上削屋移橋，並匯聚成沛然莫之能擋的土石流，觀光業馬上一蹶不振。921之後不到兩年來了桃芝風災，就充分見證了這種二次災害的嚴重性，四大流域的上中下游聯合整治就是在該一事件之後規劃推動的。事後看來，這件規劃在重建之初即應有先見之明予以定案才是，但當時財源籌措不易，各方需錢孔急，依台灣慣例防災的急迫性總是落在救災之後，恐怕若有人倡議也會遭到暫緩的命運。桃芝之後所擬議的濁水溪（包括陳有蘭溪）、大甲溪、大安溪、烏溪四大流域整治計畫，規劃經費高達180億，但送出去後也是過了兩年才核定近60億的整治經費，所幸已陸續進行中。

住宅與學校重建是前三年最受矚目的兩件大事，將在後面專章討論。國際獅子會總會認養的集集永昌國小，以不到100天的速度於2000

921地震重建檢視系列（2009年7月11日）。大地及公共工程重建經驗，張荻薇與陳宏宇之發言。

年4月27日完成重建，為第一所災後重建完成的學校，對政府主辦的學校重建形成極大壓力。陳總統指示災區學校重建需在921周年前發包，惟社會有不同聲音要求兼顧品質，之後由重建會協調三批發包，分別在921周年前、10月底、11月底前，但完工日期皆押在2001年8月底之前。事實上在2001年1月3日時，政府自辦的39所學校仍未發包，遑論完工，當時的張俊雄院長還要求徹查失職責任。2000年6月15日監察院還通過糾正教育部，對於921地震造成的校舍毀損，未能即時主動協商相關單位明訂蒐證辦法，以致校舍拆除後檢調單位無法完整蒐證以查明有無偷工減料情況，顯有違失。

住宅重建最大的困難厥在土地與產權，包括地籍重測釐清產權、集合住宅住戶合意進行修繕或重建、違建戶（高達兩萬戶）之貸款問題等不一而足。另外還有共有與共業土地、三合院、保留地、台拓地等困難項目的復建，必須修法因應，否則就會卡在那邊。以台拓地為例，這是當年台灣抗日義軍土地，遭日本政府查封（民間說法），或是日本「台灣拓殖株式會社」管理的田地與「公有」荒地（官方說法），政府遷台後被收為國有，稱為台拓地。原居民後代子孫住在這些土地上，連土埆厝亦不得翻修，921倒塌後要求就地重建就相當困難（因祇是承租，並無產權）。

另一困難則發生在經費編列方式。國外政府通常祇負責災後公共工程建設，並不那麼深度介入住宅重建，慰助金發放也少很多。921在緊急命令下追加與移緩濟急的1,061億，除給予特別優惠的慰助金與救助金之外，走的是「國際路線」，編列480多億作公共工程，與住宅有關

的經費祇有56億，主要用於原住民及農村聚落重建，當然不夠，因為在921之後，住宅市場相當低迷，土地不值錢交易困難，而且中部農村地區的經濟狀況一向不如理想，在面對住宅重建時，有諸多財務困窘的難處。後來另由一千億特別預算中以466億成立「社區重建更新基金」，但為時已晚。好在由中央銀行提供一千億額度的優惠房貸，條件比國際好很多，150萬內免息，150-300萬內利息3％（後降為2％）。另全倒戶舊貸款本息展延五年（後再延一年），半倒戶本金展延五年，利息除於五年間減四碼外，並展延一年六個月後起付。另外還可依暫行條例於350萬元額度內，經原貸金融機構同意後，得以辦理原貸款債務的抵償（稱之為協議承受，由災損之房屋及土地來抵償），或對原購屋貸款作利息補貼，辦完之後若仍有餘額，還可再申請購屋或重建貸款。

在失業與就業之對策上，剛開始係採「以工代賑」方式協助，惟非長久之計，後修改暫行條例增列所謂的「1/3條款」，規定災區工程僱用人力需有1/3為重建區居民，以2001一年為例約有400億工程陸續發包，約要僱用三萬名勞工，依暫行條例需僱用1/3災區居民（不一定是狹義的災民），預計有一萬個工作機會。但規定是一回事，如何不影響工程效能又是另一回事，所僱災區居民若未適格或未經訓練，將影響工程品質，因此在訓練難以跟上時，本條規定的可行性便大打折扣，事實上也有難以配合之處，以致常有爭議。

大災變經常凸顯出亟需社會扶助者之困境，如住帳棚、拼湊屋、貨櫃屋者，還有低收入、身心障礙、老年人等，雖占全半倒戶之少數，且大半領取租金補貼，但仍亟需照顧，也是媒體關注經常發動突襲報導的

主題之一。

　　爲了有效率的處理上述諸多困難，必須先有上位思考與作法，包括動態性的修法、籌編特別預算、做好工程控管等項，而且要研議政府與民間合作的良好機制與平台，多作國際比較當爲特案處理之依據，更重要的是要各方發揮智慧，提出一套有希望達成的願景及藍圖。

　　執行永遠是這類實務運作上最大的難題。受災的一方要快，若法令與慣例無法滿足，就希望能特案處理，所以才有緊急命令與暫行條例的出現。但法令之突破有時而窮，碰到基本的底線仍有無法通融之時，如重建的就地合法、舊貸款的概括承受、集合住宅訴訟的代位求償等項。「圖利他人」的陰影一直盤旋在公務員的腦海中，很難解套，如南投縣政府在頻遭檢調偵訊，甚至連縣長彭百顯都被扣押後，造成寒蟬效應，對「程序」相當愼重，效率自然降低。他們常對重建會說：除非你下公文給我們，不然我們不敢做，沒這張公文就動不了。有一位縣府人員甚至說「我就是不蓋章，寧願降職、調單位。我怎麼知道章蓋下去，哪天不會輪到我出事，輪到我被關，自己怎麼死的都不知道」。因此重建會經常要研究如何在法律許可的彈性範圍內，盡量發公文給他們，再監督其執行情形。公務員是應該給壓力，但給壓力時也不能太超過他們的基本認知與能力，以免作假或心生怨恨，幫他們解套或用獎鼓勵，也許是最佳方式，畢竟他們才是第一線協助災民重建的人。

第一個周年前後

921 重建會在 2000 年 6 月 1 日於中興新村揭牌時，陳水扁總統宣示發展經濟及災後重建是當前政府施政的二大重心，要四年完成重建，並承諾每個月至少要來一次深入了解。災盟花樣多，還來跳「加官」。

一經啟動就是忙亂不堪，調人找錢辦業務從零開始，要將重建會弄成一個三百多人（含全職調兼各單位公務員、專家與替代役的進駐）的有效率團隊，談何容易，其中辛苦因非關重建業務本身，就不再細談。當時想的是假如祇在那邊見招拆招，長久下來一定是支離破碎，遑論願景，因此靜下心來好好想幾個最切題的策略，當為有系統推動的架構：

1. 弄好重建法制，尤以修訂特別法「921 震災重建暫行條例」（2000 年 2 月 3 日公布）為首要，以讓重建能在更有彈性的基礎上做更有效率的推動。在不到一個半月中先擬訂基本修正草案，之後我以政務委員身分於行政院召集各部會會同修訂，長期抗戰的修訂會議達七次之多，並送請立法院三讀於 11 月 10 日通過，11 月 29 日發布，相關子法則在春節前頒布 22 項。這是最重要與最大幅度的一次修訂，以後還陸續的修修補補。台灣的法律大概沒有一個是可以在頒布之後的同一年之內，做如此重大修訂與增訂的，暫行條例是台灣法制史上的一個例外，其重要的增修包括有地籍與地權處理、都市與非都市地區重建（含都市更新與公寓大廈修繕之辦理門檻）、重建用地之配合、融資優惠、協助居民生活重建（含就業的 1/3 條款）與重建經費籌措（含增列 2001 年度特別預算一千億）等項。

2. 依修訂後暫行條例的新規定，在隔年編列一千億特別預算，與原有之追加及移緩濟急等經費，合計超過兩千億，讓整體重建工作無後顧之憂。

3. 建置四類追蹤控管機制，其中以行政院列管計畫、公共設施及特別預算之執行為最主要。透過分層的有效控管，一年下來公共工程的發包率達 90% 以上。

在這三大策略與鋪陳出來的機制下，公共工程是最容易解決的，它們雖然因為量體大，會有效率、速度及品質問題，但並不複雜。所以道路橋梁、公有廳舍等公共工程的施作容易監督，學校重建雖分由民間及政府認養及承作，有很多「官民落差」(包括效率問題)，但基本上不會有太大困難。比較難的是涉及災民居住與就業，以及觀念問題。它們包括有：自有住宅與集合住宅之重建、失業率惡化之改善、農業產業與觀光業之振興、大地重建的永續策略、社區總體營造、防救災經驗之傳承、如何建立重建願景與塑造重建新價值。

重建會當為總理重建大小事務的「衙門」，沒有一件事可以說與它無關。剛到才一個月，就發生埔里枇杷里土石崩落壓死一名婦女，因為二月就撥給南投縣政府 3,500 萬該地聯外道路的修復費，迄今竟仍在簽辦之中，以致生此意外，我怒從中來，痛罵縣政府防救效率牛步化。類此事件，多得令人頭皮發麻，豈止一椿。

8 月趁總統來，請他代提幾項主張。總統出巡常有政治任務，並私下與地方大椿腳見面穩固基層，但 921 每月來一次是講明的公事，我們這種不是選舉出身的政務官，沒必要也不宜跟著跑，否則一直說重建是

人道志業不分黨派，豈非形同具文，但卻可趁此機會請求總統代為宣示一些該做也做得到的事，形成政策：

1. 集合式住宅完成時間與額度較難估計，可不受中央銀行一千億專案優惠貸款額度之限制（後來發現，一千億額度已足夠支應，不過這是當時災區的普遍要求）。

2. 半倒舊貸款利息再展延一年。

3. 工商業舊貸本息起繳期限再展延一年。

4. 編列30億信保，供弱勢災民貸款；20億信保供企業貸款。（這是解決擔保品不足的作法，若以逾放比6%計算，可保證之貸款額度超過800億）。

5. 以補助、融資、投資等方式，興辦原地重建、新社區開發、都市更新、遷村與原住民住宅等工作。

6. 三年投資100億整治土石流（隔年7月底碰到特大桃芝風災，很多工程付諸流水，算是運氣不好）。

9月是最忙碌的月份，因為將屆一周年，各方摩拳擦掌要突襲了！9月8日重建會與台銀在唐飛院長見證下，簽定第一件921關懷兒童認同卡，並分別與土銀、合庫、玉山銀行簽訂以老人、原住民及身心障礙為主題的認同卡，以提撥消費額的千分之3.25回饋。唐飛當然是簽了第一張認同卡，並表示一有機會就要刷這張卡。周年將屆各方陸續加溫，埔里鎮長張鴻銘在一場921重建回顧座談會上，以其一貫語出驚人的風格，用「怨、恨、貪、貧」來形容南投災區的慘狀，用詞嫌重，不過也不是皆無所本。

終於總統也要罵人了。9月16日陳總統向災民及國人鞠躬道歉，並舉「以工代賑」兩三個月後才領到錢的例子，痛批行政效率不彰和心態不對。災盟（921大地震受災戶聯盟）當然也出動了。災盟於地震當年10月1日成立，成員行動力很強點子多，12月29日在台北舉辦「震災百日祭」；2000年3月11日在台北向幾位總統候選人提「許我一個家」的訴求；9月14日在中興新村重建會門口演行動劇，劉繼敏扮道士，聲稱要引領新政府的三魂七魄，高呼「我想回家、我要頭路、我要活下去」；9月16日在中興新村夜宿。災盟在這段時間重提七大主張：（1）以地易地，政府包辦；（2）傳統社區由縣市政府公辦更新重建；（3）建公屋，以出租方式安置弱勢災民；（4）社區毀損判定爭議，中央限時重新鑑定；（5）補助半倒社區公共設施修繕；（6）代位求償；（7）遷移安置土石流區災戶。這幾項主張大部分都言之有理，但不一定有辦法做到。早期規劃因有神戶市震後建大量公屋的例子，確曾考量過，但因921災區大部分在農村，且當時中部空屋多，國宅又無出租政策，就未積極推動公屋建設，以災民自行重建為主，等日後興建少數新社區時已為時過晚。以地易地的政策確有實施，但窒礙難行之處甚多，成就有限。第4、5兩項皆已做成，且再補助半倒集合住宅本身修繕補強經費達70％之多。第7項涉及困難的遷村問題，災民的意願才是最重要的因素。至於代位求償，就像要求政府幫災民支付舊貸款利息或概括承受舊貸款一樣，並不可行，國際上也沒見到那個政府可以這樣作的。

什麼是災盟主張的「代位求償」？意指房屋（尤其是集合住宅）倒塌的災民，先由政府給予合理金額以彌補其損失，再由政府受讓其權利，

代位向建商（或其他依法應負責任之人）求償。該一主張雖有其立意基礎，但法律專家指出顯有不合理之處：（1）受災戶與政府間，並無私法上之權利義務關係。（2）房屋倒塌不一定都是建築設計、施工、監工之不當產生，尚有地震過度巨大下之不可抗力因素。（3）往例並無政府代位求償之例，在社會資源分配公平性與適當性上，難以合理化，且破例之後將有層出不窮之類似案件，公權力介入私權爭議的後果需要考量。（4）政府在事先計算給予受災戶之相當金額上，非常困難，災戶求償範圍與法院審理終結判定之賠償金額難以一致。所以不如由民間法律諮詢機構或消基會代打集體訴訟，更為可行，政府可在這方面多予協助，另外則是在貸款與社會救助上幫助解決才是正途。

監察院在這段時間召開全院聯席會，指出921災後的三大缺失：防救災體系未發揮功能、房屋毀損認定不一及慰助金發放不公、捐款未合理運用及監督不力，至於指責公共工程進度落後，更不在話下。

滿周年前，災盟發起夜宿中興新村（9月16日），來了一千名群眾三百多位災民，搭台大搞高空彈跳。郝龍斌當時在電台主持節目，還特別到重建會借地方連線報導；連戰與宋楚瑜也都來了。搭了台子就要有人上去講話，我是免不了的，接著當時兼省主席的張博雅部長上去，台下的情緒已在醞釀，重建會的吳崑茂是位經驗豐富的資深公務員，判斷不宜再繼續下去，就上台遞了手機說有緊急電話，結束了致詞。到了921前夕，南投縣政府安排晚會，請翁倩玉、彭百顯與我一齊敲和平鐘；文建會則在集集舉辦燭光守夜晚會，等著凌晨1點47分的來臨。因為這是第一個周年，災區的幾個縣市鄉鎮紛紛辦晚會，認養單位與部

會也都出錢出力到認養鄉鎮買產品辦活動，可以說整個基調是關懷中有熱鬧。

在 921 滿周年之後，重新運作的重建會未滿一年之間，有很多基本工作要做。除了確定在 2001 年 4 月底前橋要通路要順之外，還要為大地「補破網」，做了很多填補山區土地地表張力裂縫與填土、截水、分水的工作，並同步處理打樁編柵及裸坡植生的事情，這是當時郭清江副執行長最投入的業務，也是與水土保持專家及道路工程人員常有爭議的部分。在這段期間，公共工程完工率近九成，道路橋梁幾已完全修復，學校重建也確定可在重建會滿一年後完成七成，可不必再列為最緊急事項。草屯就在中興新村旁邊，我剛去時入夜一片漆黑，現在則已燈火通明，假日更是車水馬龍。我們知道，以後的工作雖然會愈來愈少，但卻是愈來愈困難了，因為居住與就業才是災民最在意的。重建會做過住宅重建需求與高關懷戶的普查，了解到災民要求與政府能做的之間，仍有不少落差，需要特別手段才能因應。至於就業的促進要靠修訂過的暫行條例「重建工程得標廠商，應僱用 1/3 以上災區民眾」來幫忙，重建會經常要會同勞委會去控管該條款的落實，但老實講也不敢逼得太過火，因為工程品質還是最重要的考量，災區民眾假如沒有受過該有的訓練，也不能硬塞進去。另外是要靠觀光業的振興，本來已有良好的發展，各條觀光路線欣欣向榮，但不巧 2001 年 7 月底又來了個特大號的桃芝風災，將已穩定下來的聯外系統打亂，觀光業馬上一敗塗地。桃芝時主要道路橋梁受損之多不下於 921，有些還是剛修好的；死亡人數 200 人災損 200 億，經半個月搶救才得以穩定，更別說觀光業的復甦了。

　　這段期間有一件值得提的，那就是溪阿公路上的安定彎工程。921地震後從溪頭到阿里山的公路邊坡嚴重受損（那裡不是這樣！），在杉林溪處的安定彎不通，杉林溪內的遊客中心還有30多輛汽車與遊覽車出不來。安定彎因整座山頭滑落，原有的100多公尺路面與路基全部坍塌，所以在2000年8月以後在參謀總長湯曜明協助下，請五二工兵群謝其翔上校指揮，以剝洋蔥方式一層層造出路來，花了快八個月時間，炸藥用掉兩萬多磅，土方清了近十萬立方公尺。這是最基礎的部分。

　　另外還有連結安定彎山頭（路已造出來）與杉林溪內部的一段路面，這是功敗垂成的部分。安定彎與杉林溪之間有一條也是沿山開建約50多公尺的路面，921後其實路基已崩落，剩下的也不太穩固，故路面已大幅縮小，祇好先在旁邊用鋼樁撐出一個可以行車的路面，讓車輛先能出來。這段小路面在還來不及好好修建之時，就來了特大號的桃芝，把所有鋼樁全部沖到下面的山谷去。當然已經爆破造路的安定彎部分不受影響，因為那幾乎像是在一塊超大石頭中鑿出來的路。最後與高工局及其他工程單位研議，也許可用隧道方式來接通，雖然成本會高出很多，但原來那塊路基實在太不穩定了。這件事後來是由郭瑤琪執行長（時任公共工程委員會主委）完成的。隧道通車後，杉林溪大飯店才得以興建營運，重新恢復過去盛況。該地我去督辦過十幾次，不過運氣不好沒有達成任務，好在郭瑤琪戮力以赴終得完成。從安定彎爆破到建好隧道，至少耗時三年之久（2000年8月爆破；2003年1月隧道開挖，8月底通車），不知其中辛苦與複雜的人，可能無法感受，但它對復興杉林溪的旅遊可說起了決定性的作用。

二周年前後

桃芝風災重創南投信義鄉與鹿谷鄉，單單橋梁就斷了十幾座，尤以沿陳有蘭溪與東埔蚋溪最嚴重，很多人歸咎於 921 之後震垮震鬆的土石夾著泥沙，沖到河流上游往下肆虐所致（可參閱林照真，2002）。由於桃芝，引發了三個重要問題的討論：

1. 易致土石流災害地區的遷村如何進行？當時慈濟很有誠意也有能力想協助解決該一問題，開出不錯的條件，但災民對土地與家業仍有依戀，不離開雖然危險但還有後山與河邊可以墾植，遷村以後的就業與收入卻難以保證。政府也難以宣告說不再修復一些危險道路（如沿陳有蘭溪的台 21 或新中橫），反而在壓力之下還要加緊修復。在這些顧慮之下，遷村計畫很難推動，可說是一事無成。其實，台灣過去幾十年來講遷村不知多少遍，又真正成功過多少件？

2. 要不要趁此創痛猶新之際，啓動台灣未曾真正大規模做過的全流域上中下游聯合整治？這點倒是略有所成，在重建會邀集各部會協商之下，作出了四大流域（濁水溪、大甲溪、大安溪、烏溪）的全流域整治計畫，最後雖然刪減經費又延後實施，但至少開始做了，現在看來情況尚稱良好。

3. 台中縣和平鄉大甲溪旁的台 8 甲（中橫谷關德基段）要不要修復？台 8 是早已封山，可以存而不論，但台 8 甲還有多項功能要考量，

林照真（2002）。戰慄土石流：災難、政治與風險管理。台北市：時報文化。

最簡單的是社區交通與農產運輸，最大格局的則是要全面恢復中橫的連續性，不把這段修復就無法讓觀光巴士暢通無阻。這件事雖屬交通部經管，但 921 重建會因為是統一窗口，經常被當地民意逼著要盡速修復，擬訂了三個階段的復原計畫，第一階段要 10 億，第二階段 15 億，第三階段則是大格局的 200 億。前兩階段都按規劃進行，但第三階段復建是嚴重違反大地工程原理的，因為不穩定的上邊坡規模龐大，不安定土層究有多少難以在短期內了解，而且顯然還沒有足夠時間讓邊坡穩定下來，硬要用工程方法解決，不祇花費是天文數字更不能確保有效。台8 線難救還有其他原因，如大甲溪河床已高於路面，一有大水即沖到路面，屆時路再崩橋再毀是可預見之事。重建會一直不贊成採階段三這種明顯可預見無效又是大投資的積極作為策略，因此承受極大的壓力。觀諸 2004 年的七二水災，到大甲溪流域與台 8 線附近，舉眼望去無非土石，豈有完整不受傷害之地。假如當年真的花了 200 多億去做，一定是災難一場，不知要連累多少公務人員。在 921 加速重建時，完全人道考量，很多人不敢將成本效益講出口，但也要有基本常識與判斷，大家再多溝通還是勉強可以和平相處的。

特別預算與重建預算

在 2000 年 11 月底頒布大修的暫行條例中，明列要在 2001 年編列並提出一千億特別預算的申請。主計長林全認為以後要在常規總預算中編列重建預算會很困難，故一千億預算應編足，一方面滿足條例規定另一

方面則未雨綢繆。但送立法院審議時間雖很趕，卻不能不先逐項會勘與審議，因此在時間太趕還來不及做好這些工作下，列了263億準備金，以供緊急防救災之用，該作法雖未違背預算法第二預備金之定義，卻不符編特別預算之慣例（最多10%），以致曾被懷疑為綁樁（因為縣市長與立委選舉已在眼前）。重建會人員大部分由原省府人員專職調兼，會勘與審議亦皆公開透明（連記者都可四處走動），豈有可能發生這種事。後來立法院三天委員會聯席會議一文不刪先通過733億，263億則另案於二個月內到委員會專案報告後審議動支。經三讀後，於2001年5月2日通過第一期特別預算727億（其中社區重建更新基金因屬基金預算，另於6月6日三讀通過）。剩下的第二期特別預算，則於12月6日通過，故依法編列之重建總經費已逾兩千億，以累積分配數作分母（一千多億），則總執行率在2001年12月時已達83%以上，其中公共建設工程的完成率已達九成三以上，半數全倒戶已完成重建。

　　總體重建預算還需再加入民間捐款（逾340億）、中央銀行住宅緊急貸款（若以一千億匡列，以當時高利率估算需補貼之20年利息高達500億左右；現在因利率大幅下降，且一千億未完全貸出，重新計算600多億貸款的利息補貼大約要100多億。）與行政院開發基金企業優惠貸款（匡列500億之利息補貼）等項，共計達三千億之巨，已符國際標準，但這些經費不是要在兩年內執行完畢的，它需要支付原定四到五年重建的總體開銷。

大家都忘了看分母（base rate fallacy）

重建會為了控管工程進度，總會提出有多少標工程仍未發包或進度落後，如在追加預算的480億公共工程中有100件還未發包，以督促部會與縣市趕辦。但不幸的是，長官在聽完後、民眾在看了報紙電視後、立監委在看了報導後，紛紛出面來「震怒」一番，責怪總體重建還在牛步化，完全誤解重建會的一番用心。

公平來講，480億公共工程約12,000標，一百件未發包怎麼會是不得了的罪行？未發包比例還不到百分之一！假若我們講完成率超過99%，社會大眾又都點頭稱是，但這樣講就失去要控管、督促的目的。一般人都會患上這種行為決策科學上所講的「不考量分母的謬誤」（base rate fallacy），縱使我們已把分母告訴大家。同理，一般人是不會去考量所有資料來算出一個比例的，他們祇是看到一百件未發包的個案，一個一個數，愈數愈生氣！講一百件未發包與講99%完成是同一件事，但所帶出的效應卻完全不同，此稱之為「框架效應」（framing effect），意指用正面與負面來講同一件事時，會得到不同的心理效應。人類思考的盲點，在此暴露無疑。一般人被灌輸重建進度落後，一百件未發包正符合他們的預期，為什麼不相信是進度落後？誰會停下來多花1分鐘去算99%！

在住宅重建問題上，也沒什麼兩樣。假設全倒五萬戶（這是早期的數據，以後已修正減列），有一萬兩千戶尚待協助重建，大於60%完成率，以國際比較而言在兩年中尚稱可以。但是我們也會提供在111棟全

倒集合住宅中祇建好了 4 棟，這下子不得了，祇有 1/25 不到，馬上又是罵聲四起，大家又忘了五萬全倒戶中，主要是因為那 111 棟（不含五樓以下住宅，約一萬戶）造成的「未完成」，在忙著數 111 棟的完成棟數，又忘了全倒總數的分母。

921 單在公共設施方面合計就有兩萬標左右（追加預算 12,000 標，特別預算近 8,000 標），暫不提其他在就業、社福、醫療、觀光業振興等大項計畫。住宅重建的早期估計也有近十萬的全半倒戶。看重建進度合理而言應看整體數字，而非祇看集合住宅，更非祇看全倒的集合住宅。不過居住問題其實才是災民的切身之痛，政府當然不能以集合住宅住戶難以內部整合，與國際政府大體不介入這種私權事務為由，來規避政府因應民意要求需負的責任。同理，集合大樓住戶在政府與相關基金會（如 921 震災基金會）已準備好各項優惠措施及經費下，也不能將責任全部推給政府。所以伙伴關係的良好建立，將是唯一可行的解。

三年之後

921 將屆三周年時，循慣例，在野黨立委集合了二十來人，拿了一堆不知如何解讀的數據，大大攻擊起來，標準用語當然是重建嚴重落後，弊端重重。那時我已奉調接掌教育部，當我們說 293 所重建學校已完成 98％時，他們認為這是美化數據，因為 921 時有一千五百多所學校受損，現在祇講這 293 所，那其餘一千多所一定是沒做好，所以不敢講出來。焉知這 293 所是最嚴重且納入列管的學校重建工程，其餘一千

多所由於受損輕微，老早就修好了。當一個人對你有意見時，真的是可以不管是非，由此得證。其實祇要他們到重建區好好走一趟，這種話怎麼講得出來！

不過政府部門的因應方式也不高明。由於看到有十幾項公共小工程嚴重落後，政府內部就在公共場合猛批公務員不把這種事當一回事，因循苟且，僚氣十足。殊知大小工程兩萬多件，就這麼一、二十件出問題，心中沒有「分母」的結果，盯著這十幾件窮追猛打，就好像父母抓著小孩打屁股給外人看，不知內情的外人想這小孩真壞，不過家教倒是不錯，不是父母的錯。想想看，第一線公務人員碰到這種難堪局面時，不心灰意懶者幾希！而懷著敵意的外人更是振振有辭：你看，連他們自己人都說好爛，這事會好到那裡去！領導真是不容易，有用心帶的、有用策略帶的、有用身先士卒來帶的，這些帶法都還不一定會成功，但是假如反其道而行把不一定存在的過錯，推給下屬或上一任承擔，那是一定成不了大事的。因為不管怎麼樣，假若有好成績也都是他們過去所做的。

在三周年時可以罵的其實是愈來愈少了。災盟在2002年10月9日夜宿總統官邸的訴求是：不得強制驅趕或遷移組合屋居民、落實組合屋先安置再拆除的政策承諾、興建公屋安置災戶。與以前災盟的火力及訴求規模相比，真的是小巫見大巫了。

四周年時，雖還存在有一些住宅（如東勢東安里本街重建仍不理想）與組合屋問題，台北市東星大樓仍未重建，但重建業務已研擬是否於2003年12月回歸各部會署，郭瑤琪執行長對那些仍不時口出惡言的人

說，再亂講就告。這一年8月，行政院終於核定100.6億的重建區振興計畫（含四大流域聯合整治），這件事其實已拖延甚久，因為四大流域整治計畫大部分已在2002年1月之前協調規劃完畢。之後在立法院又被大幅縮水，所以921重建在振興部分，除了流域整治尚有部分縮水的成效外，其他振興方案都很難像日本神戶震後一樣的推動，其中一個理由是沒有打鐵趁熱，在大家對921與桃芝還極度關切時儘快提出之故。

五、六周年（2004、2005）時，杉林溪大飯店重新開幕，拆組合屋，重建戶開始擔心新舊貸款要一齊還的壓力。2005年12月重建會召開由行政院院長主持的第27次委員會議，可執行預算累計2,123.59億，執行數為2,021.73億，超過95%，大概也不會再有什麼重要事項要做了。至於通過52.6億的四大流域治理，已由各部會帶開負責辦理。舊貸款本息展延原設定期限五年，再延至2005年2月4日，與一千億住宅重建優惠貸款期限相同，亦即暫行條例應屆滿之日（2000.2.4－2005.2.4），但後來又與暫行條例一齊展延一年，其實已無大事可做。

大家已準備揮別921，但小部分過去災民仍然大罵。2006年2月在蘇貞昌院長主持下，重建會吹熄燈號，那時我已離開教育部剛到中國醫藥大學擔任校長才半年，雖然蘇貞昌是我過去的大學老友，但已不想去湊熱鬧了。

2006年2月4日「921震災重建暫行條例」在延長一年後正式屆滿，組合屋陸續拆除，埔里北梅新社區被要求能平價出租，以履行「先安置後拆除」之承諾。花了近三億興建98戶一般住宅的竹山柯子坑新社區，因價格較高又離市區較遠，乏人問津，56戶的平價住宅情況也不好，原

來調查以爲有需求，沒想竟賣不出去。台中市美麗殿大樓經最高行政法院在 2006 年 3 月判決「可修繕」，將全倒判定改爲半倒，並要收回溢領的十萬元慰助金。該案纏鬥經年，688 戶（小套房與大坪數兩類住戶）惡言相向甚久，改爲半倒後之修繕費用，仍有 70％ 可獲 921 重建會及 921 震災基金會匡列下來之挹注，迄今尚未解決，據聞最近修繕工程已發包，希望一切順利。仁愛鄉的瑞岩部落遷村重建命運多舛，在震災基金會以築巢方案協助動土之後，仍多次流標，終於在 2009 年 8 月重新動工。台北金融中心大樓規模龐大，荒廢七年，在 2006 年 9 月 22 日動土重建。公共工程近兩萬標的標案，已完成 98％ 以上。

921 七周年（2006）適逢反貪腐倒扁行動持續進行中，已經沒有什麼系統性的報導，而且重建會已解散，看起來 921 這件事已告一段落了。立法院與政府部門已沒有人再對 921 表示意見，也許等到十周年再做回顧與反省吧。倒扁群眾曾在七周年當天凌晨 1 點 47 分（有的報紙已經把它寫成 1 點 27 分），共同爲 921 罹難者默禱 1 分鐘，在這種政治氣氛下，大概也沒人眞正關心了，默禱完又繼續進行更有趣的政治活動。接下來在當天晚上 9 點 21 分有一個長達 921 分鐘活動，由學生接力長跪不起，抒發對貪腐的不滿與抗議，則 921 已成爲一種工具符號，施明德還在 921 分鐘之後送野薑花給學生表達敬意。該一活動是有創意，但 921 這個象徵被這樣使用，實在談不上有什麼正當性。

說不定大家想要把 921 忘掉，或者可以說已沒什麼感覺了。遺忘是一件可怕的事。在荷馬史詩中，協助以木馬計屠城的希臘英雄尤里西斯，一心一意想返鄉，拒吃美味的忘憂果，以免迷失回家的方向。拒絕

遺忘是要抗拒誘惑，也要承擔責任的，因爲遺忘有時會帶來不必負責任的好處。華格納歌劇《尼伯龍指環》的「諸神黃昏」中，屠龍英雄齊格飛在一連串精心詭計下，被誘喝忘情水，開始背叛的旅程，背叛自己最親愛的妻子，也背叛自己的良心，洵至因此喪命，更在一場報復的大火中，讓無辜的諸神走向黃昏。

台灣的災害無時無之，我們因爲921大家曾經緊密聯結在一起，付出了愛與關懷，也在這個過程中獲得很寶貴的防救災經驗與思考，但遺忘也同步在發展，若沒有警覺心，過去的經驗與反思可能對抗不了進行中的遺忘，就像風中花絮，一一沉入土中永不再現，這將是一件不能接受的損失。或許我們應該拒絕做沉淪的齊格飛，跟上揚帆中的尤里西斯才對！

居住問題與住宅重建

　　居住問題是災民最關心，不過也是最難搞定的重建項目。重建初期，政府關心的是公共設施與公共建築的回復，以及住宅重建的前置作業（如地籍重測、鑑界與都市計畫變更），這些都是高達兩萬標工程的重心。災民真正心急如焚的則是自有住宅的回復，以及財務壓力（如還舊貸、借新貸款）的疏解，但私領域的協助，除了提供免息與低利貸款外，樣樣還是要依法規行事，縱有暫行條例其幫助亦有一定限度，若大幅更動又涉及社會公平性與政府是否應如此介入之諸多問題，如此一路走一路修才發展出一套可行的優惠機制，但時間已拖延甚久。有了這次經驗，以後類似狀況應及早發布可以全面加速重建的各項住宅政策，以當為順利運作的基礎。

　　平心而論，此次住宅重建的困難，其實反應的是過去法令與土地建物處理上所潛藏的問題，祇不過大地震將這些問題集中大量的暴露出來，一時之間手足無措的困窘，也是可以理解的。

房屋損壞與土地重測前置作業

　　921 地震究竟倒了多少房子？假如在都會區發生，這個數字應該很早就可以穩定算出來，但在中部災區就不是一件想當然爾的算術問題。依據內政部建築研究所以門牌數統計的算法（921 重建會，2006），截至 2005 年 6 月底（暫行條例到期後再延長一年期間），全倒住宅單元為 38,935 戶，其中個別住宅約兩萬七千多戶，集合住宅 172 棟（含五層樓以下）約一萬一千多戶；半倒戶為 45,320 戶。全倒戶已完成重建 20,721

戶，施工中有 11,125 戶，已核貸中央銀行優惠購屋貸款者有 10,042 戶，合計這些重建與購屋戶數共 41,888 戶，比依門牌統計的 38,935 全倒戶還多。主要原因可能是：（1）合院式住宅同一門號但以多戶辦理重建；（2）集合住宅部分住戶另行購屋；（3）半倒戶自行拆除重建。三合院一個門牌常有幾戶申貸的原因，是因放寬限制之故，如若無稅籍證明、無土地及建物所有權證明，可用戶籍謄本及水電繳費證明辦理貸款；三合院數人共有時，若能證明戶籍獨立且各有水電繳費證明，每戶亦可申貸；全倒房屋稅籍僅一個，但未辦理繼承，若為房屋或土地之共有人，亦可獨立申貸。由此看來，住宅重建完成者已占相當大比率。其中，中央銀行原匡列的一千億貸款發揮了最大的財務穩定力量，共貸出重建、購屋、修繕貸款，及承受與補貼（51 億），合計 673 億餘元，貸款戶達三萬七千戶以上。至於全額貸出後需補貼之二十年利息在當時高利率下，原估計為 470 億，現已下修至百來億。其他住宅協助方案，包括農村聚落、原住民部落與弱勢戶，則另有政府部門、信保及民間之投入，各自扮演可發揮之角色。

　　但若以慰助金發放戶數統計，全倒為 50,644 戶，依此計算則已重建或購屋者（41,888 戶）占 82.71％，未重建者（8,756 戶）占 17.29％。前後兩種算法何者為真？難以一一覆按，可以確定的是已接近尾聲。

　　住宅重建中最難的是集合住宅。原統計為 110 棟全倒，152 棟半倒，後來將五樓以下公寓也計入，又有全半倒戶申請重新鑑定與有糾紛下的

921重建會（2006）。921地震住宅重建回顧。中興新村：921重建會。

最終鑑定，最後修正爲全倒162棟半倒145棟，住戶達兩萬戶，約占所有全半倒住戶的五分之一（吳崑茂，2004）。半倒戶因有921震災重建基金會提供21%，以及重建會49%的修繕補助，住戶祇需負擔30%，所以大體算是順利。全倒戶若採原地重建，需依「公寓大樓管理條例」，2/3住戶出席3/4同意方可，門檻高，但對住戶少（30戶以下）的集合住宅較適用，也大部分完成。若採都市更新，祇需1/2住戶參加1/2同意即可啓動，且有30%的容積獎勵，門檻較低，但程序繁瑣，共識不易達成，尤以權利變換程序爲甚，過去並無成功例子，可說是在921時才遍地開花。但門檻低亦有其問題，故有意重建者若人數不足，無法在全數土地上興建，可到法院申辦土地分割，在其持分土地上建屋，惟土地所有權人不是那麼容易妥協，迄無成功例子，最後是由震災基金會拿出50億與重建會委辦的30億，以這80億來操作，購買不願重建住戶之產權，協助儘速完成都市更新。震災基金會也會擔心是否建好後分到太多餘屋，變成特大號的二房東，好在後來住宅市場景氣轉好，脫手賣出並無困難。

　　上述略就房屋損壞及重建狀況作一簡略說明，惟住宅重建之前還有很多前置作業要先做。

　　唐飛院長特別在意地籍重測，因爲這是建房子之前一定要完成的基本動作。921斷層破裂逾百公里，土地位移變形，都市計畫道路中心樁及地界位移，改變了原有的土地產權範圍，致地籍錯置嚴重，部分控制

吳崑茂（2004）。台灣與日本震災住宅重建比較。台北市：傳文。

點及圖根點位移或滅失，原來的 TWD67 座標系統已有偏差，需重新計算為 TWD97 座標，已無法辦理土地複丈，急需先作地籍整理。大面積土地測量在當初兵荒馬亂時，還以為可在隔年三月完成，但在深入了解後知道事態嚴重，唐飛院長便出面協調聯勤兵工署、土地測量局、院轄市土地測量人員，全力投入，希望在 2001 年 7 月前完成。

　　當時認定需作地籍圖重測的面積達一萬六千公頃，筆數逾 13 萬筆，可謂是曠日廢時，動員了全國可用的測量人力。但對於受震災影響以致相對位置受到變形擠壓地區之土地，其問題仍無法完全以重測方法解決，因為在這種不正常狀況下，重測後對某些人公平，惟一定會有少部分人吃虧，所以還要配合土地重劃、區段徵收、以地易地等集體開發方法，方得持平。這件大事在 2002 年 12 月 20 日才得全數辦理完成，重測面積 17,077 公頃，筆數 217,257 筆，比原先估計的多出一些，不過出入不大。

　　另外與土地有關的前置作業，並非來自測量，而是來自人與人之間的問題。測量再慢總會限時完成，人際共識則常遙遙無期，是屬於最難解決的部分，如：（1）災區土地之共有、未辦理繼承及占用之問題嚴重。既屬私權，公權力常難以介入，雖已有相關辦法協助，還需大力輔導與協調方能奏效。農村及原住民地區數量不少之全倒戶難以合法重建，皆與此有關。（2）集合住宅及街區重建因地上物產權複雜，重建時之權利變換、分配、責任分擔之共識不易達成。尤其在部分災戶尚有舊貸款，或尚未達成銀行同意的協議承受時，在財務條件不良下，更難談好這些問題。

　　部分住宅或社區在既有基地或遷移重建時，皆須先完成都市計畫或非都市土地之變更程序，故須有鄉鎮公所、縣市政府與內政部都計委員會的三級聯審，才能有效完成住宅重建的前置作業。

　　當上述多項前置作業得以早日完成，便可在已規劃之多元住宅政策上，進行重建與修繕的工作。

住宅重建的原則及作法

　　921重建期間，災民的抗議與抗爭事件中，近35％與公寓大樓或集合式住宅的重建有關。不過集合住宅重建與修繕雖然麻煩，但還是可以找到切入點的。

　　在可修繕的部分，利用中央銀行的150萬優惠修繕貸款，自行修繕128棟共15,525戶；另由921震災重建基金會的「築巢專案」，提供21％修繕補助工程費，與921重建會的49％，合計70％放在縣市政府供申辦之用，並委請台灣營建研究院陳振川院長負責協助診斷補強的規劃，共約20棟近3,000戶修繕完成。全倒集合住宅採都市更新重建的有96棟約8,000戶，雖有中央銀行的350萬低利貸款，惟不見得每人都借得到，有的人也不想參與重建，此時由於涉及購買無意願參與重建戶之產權，以及銀行貸款信保問題，若無外界力量介入協助甚難成事，因此如前所述，由震災基金會謝志誠執行長所規劃推動的「臨門方案」提撥50億，與重建會郭瑤琪執行長所主催委辦的30億，在無擔保品及抵押設定下，共協助63棟5,174戶解決土地與重建問題，成效卓著（謝志

誠，2009；王俊凱，2006）。上述這些修繕與重建的作法，連日本觀察家也嘖嘖稱奇。

在協助集合住宅以都市更新方式重建上，921震災重建基金會具有歷史性的貢獻，尤其在購買無法或不願參與重建的產權部分。這是政府很難做得好的部分，因為：（1）當時檢調偵騎四出，扣公文書、文件，大部分公務員（尤其是營建單位人員）在怕圖利他人致涉刑責部分，特具戒心，且資產估價（asset appraisal）制度尚未健全。（2）住宅信用保證雖已貸出39億，惟仍需由承辦金融機構負責15%（所以銀行仍要做徵信），乃仿中小企業信保例，金融司基於道德風險的傳統考量，難以破例，對弱勢住戶之困難幫助有限。至於後來重建會將融資撥貸項下30億以委辦方式，交由震災基金會運作，可說是在困境中求突破之作法。

政府部門的住宅重建經費共649億，包括社區重建更新基金在內，其中有280億屬融資撥貸，由營建署主管，但交由銀行辦理，其本意係針對無法提供足額擔保品之弱勢受災戶給予無息撥貸，每戶最高160-180萬，惟仍要求將土地設定第一順位抵押權給政府，亦即需塗銷前順位抵押權。縱使先核貸，之後在住宅完工後轉申貸中央銀行住宅貸款歸墊，亦有房地設定第一順位抵押權之問題在，除非再加上信保基金代位清償。因此這筆經費不好運用，執行不到6%，而且大部分是用在政府建的新社區，等於是政府貸給政府（謝志誠，2009）。從這個觀點來

謝志誠（2009）。台灣921災後住宅重建融資貸款機制之回顧。謝志誠網站。

王俊凱（2006）。震變、突圍：財團法人921震災重建基金會住宅重建策略研究。政大商學院經營管理碩士學程非營利事業組碩士論文。

看，由重建會所推動的融資撥貸，雖然立意良善，但在執行上政府部門不敢降低太多條件，且交給銀行辦理（銀行也需承擔風險），因此成效差，應從根本面再予檢討。

在神戶地震後，興建公屋是日本災後最出名也是最重要的住宅政策，至 2000 年 3 月民間興建 28 萬戶住宅，公屋則有 7.5 萬戶，致使供過於求，空屋率達 15%，日本政府曾為此煩惱（吳崑茂，2004）。台灣在921 之後，官民走訪神戶取經者並不乏人，何以未及時引進出名的公屋概念，殊值探討。921 時有萬餘戶國宅滯銷；中部地區空屋率近 20%，高於全台的 17%，尤以台中市的 26% 為最。又農村地區災民習慣透天厝與較大坪數房屋，也不喜歡住在租來的房子，以日本公屋依面積分為40-70 平方米不等出租的作法，恐難被接受。或許這些因素影響到公屋概念的引進，因此一開始就以鼓勵個別住宅重建、新購、優惠出售國宅（當時無租借之國宅政策；台中縣市國宅空屋較多，但南投縣幾無國宅。）等方式為主，未採日本以公營住宅出租之核心作法，且認為自有住宅屬私權，站在社會公平性上考量不宜大力介入（其實對弱勢災民而言，這種公平性之考量是極不合時宜的）。政府遲至 2002 年 6 月，才動工興建新社區 1,300 多戶一般與平價住宅供購租，但起步已嫌晚，無法呼應災民在早期最困苦時之需求，很多預約的人等不及，用其他方式弄到地方住。但若區位恰當生活機能好的地方，也有供不應求的熱賣，如南投市茄苳、草屯紅瑤、埔里南光、大里菸類試驗所、東勢及第與鴻運等社區；部分地區如竹山柯子坑等處則乏人問津。

相關問題與檢討

能夠對住宅重建議題作較完整論述的人，大概都是曾參與規劃與協助的專業人士，如營建署、金融司、中央銀行業務局、貸款銀行、重建會、震災基金會，以及規劃師、建築師、工程師、建商等類專家。但是因為住宅問題而輾轉反側難以成眠的，則是災民、鄉鎮公所與縣市政府。這兩類人雖然背景不同經歷不同，但他們之間的互動決定了921住宅政策的走向。事後觀之，這麼多不同類型的人要坐下來獲得共識，本就極為困難，何況是在中部農業地區複雜的土地與建物狀況下。前者大部分是都會區一板一眼的菁英式思考，後者則是在地的受害者，如何在理性與感性之間取得均衡，確實是要花時間來適應與互動的。

不過事情並沒有想像中的難搞，在時間的壓力與前所未有的彈性下，很多難題一個一個解套，歸其因果其實來自兩股力量，一為政治一為人道，因為選舉與政治，很多事情一定要加快要破例，因為人道所以可以接受破例，可以運用平常時不會用的經費。這是921才有的例外，像桃芝風災雖依暫行條例之增訂條文，可以比照921，但事實上沒辦法獲得類似的優惠；至於其他災害則納入災防法辦理，其優惠與效率差得更遠。所以921的正面經驗，如優惠貸款、協議承受、弱勢信保、對修繕與購買產權之作法，應可考量納入災防法規中，當為日後處理重大災害之依據。至於不太成功的作法，如融資撥貸與延遲興建公屋，則可在相關政策中修改，以應日後需要。類似問題、作法、與可資檢討之處甚多，底下做簡略說明。

1. 糾紛的開始。太平市公所曾將蓋好關防的空白住屋受損證明書，交給全市 19 里里長，由里幹事協助災民自由填寫，雖特別註明「若有不實，由填寫人自負法律責任」，但已肇成日後爭議的根源。因為災民填好之後，市公所恐負行政及法律責任，不願在勘驗報告上核章，因此無法完成全半倒慰助金之請撥手續。該一困難係因在 921 剛發生時，在緊急下作出的不周全政策，規定專業人員之鑑定結果，僅當為協助地方首長認定住屋安全性之參考，並不作為判定房屋全半倒之惟一依據。意即全半倒之認定需由地方行政人員（而非專業人員）行之，若認定才發給慰助金，因此災民當然找上村里幹事與地方首長，要求同意認定，形成難以解決的糾紛。給予地方行政人員這種認定的權力，是一種很不專業的作法，應予改進。

2. 訴訟與國賠。最早定案的集合住宅訴訟，是台北縣新莊「博士的家」，在 921 倒塌後提民事訴訟，板橋地方法院在 2002 年判決建商須連帶賠償，經和解後於 2003 年元月由建商付出 5 億 2,500 萬結案。另一成功的例子是纏訟九年（非關 921），台北縣汐止林肯大郡社區的順向坡災害，台北縣政府主動放棄國賠案的上訴權，賠償 4.4 億。該案造成台北市 921 東星大樓在國賠案上的轉折，但台北市政府認為本案並不適用國家賠償法，因國賠法在 1981 年 7 月 1 日施行，而東星大樓建照則於 1981 年 2 月即已取得。

2006 年 3 月台中縣太平市宏總新坪生活公園大樓國賠案，則出現國內首件將建築師「視同廣義的公務員」而判決勝訴的例子，其理由是建築師在監造階段受公務機關委託行使公權力，有依其職務勘驗審查之義

務，因此具有公務員的身分地位，認定可依國賠法處理，判台中縣政府賠償三億四千多萬。該判決引起不同法律見解之爭議，台中縣政府不能同意有怠忽職守之責，提起上訴，台中高分院改判國賠案不成立，因建築師不能視同公務員（該建築師已因該案被判刑），主旨是建築師乃受聘建設公司執行監造行為，並非受委託行使公權力，故不能以「視同受委託機關公務員」處置。

國內首件921國賠勝訴案，是雲林斗六的觀邸與國寶大樓倒塌案。高院更一審於今年（2009）6月判國賠，約原購屋價之四成，其理由是縣政府當時承辦人未具公務員資格，未審慎核發建執照。

921第一棟未涉訴訟賠償，又能與建商和解重建的大型集合住宅，是霧峰太子吉第，歷經四年七個月，在住戶主委范揚富、重建會住宅社區處張泰煌副處長、太子建設莊南田副董事長的努力下，終於定案重建，並在震災基金會與規劃團隊協助下，於2004年4月歡喜入厝。

3. 組合屋的「先安置後拆除」。組合屋共建了五千八百多間，實際使用5,270戶，安置一萬八千餘人，隨著時間演進到後來，真正的災戶已不到五百人。組合屋居民進住之本意乃在臨時安置，故拆除是遲早之事，但不違背原來本意之後續處理，應是「先安置後拆除」，意即先幫他們（尤其是後期仍居住在內的弱勢災民）找到一條可以安置的路，並不是要政府送他們一間房子住，之後再來拆除，這也是逼政府再努力一點協助解決問題，假如災民真要賴著不走，也祇好強制執行。所以，這是時間點與誠意問題，可能稍有拖延，但總比一副正義嘴臉，說施政應有鐵腕精神來維護原則要好些。弄得太急，災民變刁民，原先安置美意轉

惡意,眞是划不來,後期拆組合屋時人數已經很少,其實也不是什麼大事,理應好整以暇爭取社會的了解後拆除。

4. 第一的經驗。每件衝出第一的個案,一定有值得學習的經驗。2001年7月太平市的自立新城,是台中縣第一棟重建完成的集合式住商大樓;同年8月南投縣第一宗都市更新重建,草屯水稻之歌第七期集合住宅動土;同年9月台中市第一棟集合住宅崇興家園,重建完成。

全國以地易地的首案是台中市大坑斷層帶地區,在2004年交換十期重劃區土地;第二案是大里市金巴黎大樓,交換大里菸類試驗所的部分新社區。第一案其中一個安和社區於2005年初,招標興建透天厝,但因建商傳出財務危機,工程雖大體完成但剩下最後一步難以交屋,現在應已解決才對。

5. 原住民自力造屋的補貼。921期間全力投入協助原住民造屋的謝英俊建築師,推動低價自力造屋的想法與努力,深受各界肯定。他有一次曾向我提起一件事,認爲與其無息貸款150萬給原住民,還不如將二十年的利息補貼折給他們來自力造屋。以他所推動的房子總價大概80萬就夠了,以當年利率需補貼之利息二十年下來,總要個40萬,何不乾脆補助40萬他們出40萬就結案了!以當時的政策精神或國內外慣例,沒人會想到能這樣做。但他的想法確有獨特之處,也衹適用於這類低價的自力造屋上,也許日後可以再加研議,如將定額貸款的利息補貼按月按年支給,這是一種反過來的分期付款,亦即政府付給災民,大概會比一次付給40萬更符長期利息補貼之精神。不過該一作法過去不行,以後是否可以也很難確定,更可行的應是由民間捐款,或仿政府委辦購

買產權之例子，來協助解決該一問題。

6. 協議承受與信保。921 後辦理的舊貸款協議承受約有 39 億，假如舊貸款不多，則在 350 萬額度內塗銷，還有餘額可作重建的申貸，是一件好事。但一般而言，公營銀行的舊貸較有可能在建物滅失部分協議承受；民營銀行則相對困難，因仍想聲請扣押保住債權，以待日後償還。雖然承受金額可向中央銀行申請利息補貼，但並非全額補貼，因此公營銀行可盡量配合政策吸收，但民營銀行就有很大的個別差異在。若對民營承受予以全額補貼，則產生的問題比解決的多，原已申辦本息展延者若回來要求承受，對金融機構是一大夢魘，對過去已清還或未貸少貸者亦不公平，欠債還錢的社會傳統德性也難以維繫。

舊貸款若無法處理又勉強新貸重建，則幾年後兩頭付貸款將是極大壓力，是重建路上的大石頭，而且事實上也在發生中。因此對中低收入、無第二棟房子、無存款者，若能有民間捐款或一筆社福基金，針對已過兩年仍無法處理者，予以專案生活補助，應係可研議之處。

中央銀行的優惠房貸助益甚大，但都針對有能力或有擔保品的借錢者，無法提供信用之弱勢者則需靠信用保證基金來協助。信保約作保 39 億，其實有此需求者應遠多於此數，主要是銀行仍需負擔部分風險（如 15%）之故，因此還是有徵信門檻。依據統計，信保未能正常還款者祇占不到 3%，低於可接受的 6%（921 時設定為 10%），當時在災變下仍設有門檻之原因，可能與社會經濟條件差，道德風險被高估所致。震災基金會的呆帳，依謝志誠執行長之統計，亦僅 0.6%。由這些數據看來，以後的信用保證應可視情況再予放寬條件，讓其功能更易發揮。

在災後重建實務中，公營行庫（如土地銀行、合作金庫）尚能配合政策，同意舊貸款協議承受、降低信保與新貸款門檻，但日後在公營行庫日趨民營化下，再有大災變發生時，可能益形困難，必須有政府的大量補貼與強力介入，方能補好這一塊的功能。

7. 檢討與改進。在個別住宅重建部分，已有甚多實施良好，日後可以立即採行的作法。如在原地原貌重建時，以程序審取代實質審查，可縮短申請建照流程；公告標準建築圖；給予重建規劃設計與污水處理設施之補助；對弱勢簡易住宅給予近半之工程費用補助等項。

由修繕補強及重建經驗中，發現鄉鎮市公所及地政單位也可能倒塌，檔案與核發建照書件因此難以回復，故應有完善的書圖管理，建立GIS及全國建築管理資訊系統，以防萬一並減少日後之紛爭。另此次集合住宅重建有 80％ 採都市更新方式辦理，各項獎補助、權利變換、及產權移轉等機制，實施成效良好，應可納入「都市更新條例」之修正；但其歷時冗長，在進入實質建築計畫前之前置作業與協商，拖延甚久，亦應一併改進。

921 住宅重建問題的全盤解決，往往是分階段螺旋狀進行的，先是政府編列大量史無前例的優惠利息補貼，協助修繕、重建與購屋；再來由政府預算與民間捐款（以震災基金會為主），大量補助集合住宅之修繕費用達 70％；最後則是價購不參與重建集合式住宅住戶的產權。雖然一般國際政府對私有財產，並未有如此優惠之協助，但台灣硬推，降低各項要求與門檻，大體上還是做成了，勇於任事的公務員最後也很少是因為「圖利他人」而被定讞的。這套作法可供日後重大災變之參考，其重

點是政府不要太跟災民計較，有些事真的是肯花錢、降低認定標準，就可做到的。非常時期不能用制式思考，此之謂也。

1921

293 所學校重建在爭議中走出新模式

剛到重建會沒多久，就碰上了政府學校重建效率廣受批評的大問題。當有些民間認養（共108所）學校已經完工時，政府負責的（共185所）卻無一間破土興建，足足慢了半年以上。政府受到採購法的規範，招標慢個三至五個月是合理的，但陷入這種奇慢無比的困境，卻是逃不過媒體與民意機關的敏銳觀察，當然是一陣撻伐。行政院長與總統開始詢問，語氣也不怎麼友善。

唐飛院長在2000年7月1日嚴詞責備政府的國中小與高中職重建「零績效」，要重建會與教育部好好向慈濟、台塑學習。阿扁同月則要求921周年前，教育部負責之學校應予發包，以免學生繼續在悶熱的簡易教室上課；很多專業建築師以品質為重，希望不要因趕工走過去傳統公共工程低價搶標，建出平庸校舍的作法，期期以為不可匆促進行。這真的是兩種想法兩種心情，但大家都忘了，縱使後面講法應受尊重，也是慢很多差很大，何況民間雖速度快，建得也不差，這裡面一定有系統性的原因，需有突破性作法。張俊雄院長在2001年1月舉行的「2001年震災災後重建總檢討會議」中，又再度點名說要辦人，更有人落井下石，怪教育部推新校園運動、遴選優良建築師、採專案管理（PCM）、審設計書圖、採最有利標等措施，致使施工期壓縮、核定經費緊、廠商意願低，造成流標多。

學校修繕與重建規模大，共約三百來億經費。教育部原核列135億，民間籌80億，重建會後又補加近40億的民間委辦經費，後來尚有部分追加。學校要修繕的近1,500所，是比較容易作的部分，全倒要重建的293所（實際建292所，其中一所合併）大約分配如下：教育部負

責 63 所，其中亞新工程作 PCM 的有 22 所，營建署援建 41 所；地方政府及學校自辦 122 所。其餘 108 所則為民間認養；慈濟 53 所，台塑 15 所，紅十字會 11 所，台中農田水利會 10 所，餘不列，其中還有台北美國學校與日本兵庫縣各援建一所（教育部，2003）。

事後想來，政府學校重建會那麼慢與兩個因素有關。其一為早期的重建會解散，缺乏統一窗口，諸事蹉跎無人嚴格控管，多少要為這延遲的半年負責。其二則是教育部在遴選優良建築師時並無問題，但在推動專案工程管理與援建時，在營建署部分出了問題，在推最有利標部分則延遲不發，也有責任。但這些都是已發生的事，怪責也沒什麼用，徒貽伊戚而已。

需要建立新模式

我看情況不行了，在 2000 年 7 月後就開始危機處理：

1. 召開會議，要求教育部與相關部會同仁「不要陷長官於不義，讓我陷朋友於不義」，並以此共勉。

2. 協調營建署同意援建並加速遴選建築師，準備書圖，推動最有利標。教育部非工程專業機關，以前泰半讓學校自行辦理，現在要集中自己統籌，確實是力有未逮；營建署則非學校重建之主管機關，他們並無意願來負這個責任，所以必需介入協調。

教育部（2003）。為下一代蓋所好學校。台北市：百巨文化。

3. 與公共工程委員會協調可採最有利標（亦即以專業審查代替最低標），以加速政府部分學校重建之進行，並提升工程品質。教育部依慣例難以自由大膽的採行最有利標，因為承辦單位公務員確有恐遭「圖利他人」究責的疑慮在，必須由重建會與公共工程委員會來聯合解套，那時工程會的林能白主委幫了不少忙。921 重建後，一些不符合異質性工程或最有利標精神的坡崁、排水溝等，地方政府竟有樣學樣想走偏鋒，馬上就被檢調盯上。

4. 請林盛豐副執行長與公共工程處的王清華建築師（後任公共工程處處長），到教育部與范巽綠次長邀集相關人員與建築師，把事情搞定，包括合約書與各項設計書圖準則，並面告林盛豐「你去台北把事情搞定，否則就不用回來了」。他與王清華因此在台北一窩就是十幾天，到 2000 年年底終於搞定。他曾在輾轉反側未能入眠時，打電話告訴我「終於發現問題在那裡！」。

5. 要求出版學校重建的分類控管雙週報，並作統計要覽，重建進度一目瞭然，大家沒有閃避的空間。

6. 在這過程中，行政院一直想辦人，要我們將該如何處罰的措施送上，結果邱義仁（秘書長）居然在公文上寫了四個字「不可思議」，意思是我們居然沒有建議重罰！坦白講，這些事情沒親身了解，很難弄清楚其複雜性，我除了妥為說明，也不想做一些傷害可憐文官的事，祇好自己擔起來了。

7. 依重建會的職責不能祇做公部門這一塊，民間重建學校部分也需關注並予協助。921 後，慈濟參與認養學校，楊朝祥部長希望慈濟多

認養國民教育學校，故在293所中認了五十來所，又兼組合屋、簡易教室、救難等，宛如一個慈濟政府模樣，貢獻厥偉。事實上，這些學校重建要用上70幾億也是很辛苦的，有些學校又求慈濟認養，慈濟既已發心也難以拒絕，但仍甚爲難，不少慈濟會員傾囊相助其實是發心咬緊牙根捐獻的。我們認爲學校重建（尤其是國民教育學校與公立高中職）本就是政府責任，不宜讓宗教慈善團體承擔太多本應是政府應負之財務責任，因此出面協調公共工程委員會，要求同意以認養學校之重建經費總額（而非以個別學校爲單位）當分母，祇要委辦總經費不超過重建總額的一半，就可以由教育部與特別預算直接委辦給慈濟。好在是慈濟，沒人覺得這樣做會有什麼問題，否則還是卡住。

以認養學校的重建經費總額或以個別學校重建費用作分母，有很大差別。以個別學校爲單位，則政府出的錢不得超過一半，否則要公開招標，若公開招標則不一定是慈濟就能標到。但學校已是慈濟認養，有的更是已動工興建，而且慈濟建校有其特色工法與特殊品質要求，故若採行祇限能公開招標的才補助，或不公開招標就祇能補助一半以下的方式，則根本就沒辦法籌足所需經費，而且程序會變的非常複雜。後來就依認養學校的重建經費總額（慈濟＋政府）作分母的原則，由教育部撥補13億，特別預算15億，共28億與慈濟本身認養的五十來億，得以在低於一半的比例下完成委辦的程序。之後重建會又以類似模式，委辦十來億給其他認養學校重建的民間團體，來共同完成學校重建大業。同樣的，後來921震災重建基金會在推動於都市更新中，購買不願重建家戶的區分所有權時，重建會撥30億給基金會當作委辦經費，以利購置

作業，應也是仿同樣的精神。

　　政府負責的 185 所學校重建大部分於 2001 年底前完成，逾 90%，在 2002 年 10 月三周年後可謂全部完成，除了鹿谷內湖國小，經過四年八個月後於 2004 年 6 月 24 日落成，地點在石公坪（本來選定在有水坑），主要是因為安全性及土地取得問題，重建會與台大的態度一向保留，一直到現在還是有些專業人士不太認同。這間學校近百名師生，花了八千多萬，恐怕祇有 921 才有這種手筆，不過內湖國小後來也變成熱門觀光景點，是差堪告慰之事。

幾點檢討與反思

　　1. 重建工作是需要與時間賽跑的人道志業，尤其指標性工程更要有旺盛的企圖心與責任感。當時有人主張品質為重不能急，這話乍聽有理，我雖了解但不能全然認同。學校不純是建築物，它是有功能的，第一線工作的人看到學生在簡易教室中受苦，回不了自己未倒前的教室，你把一座學校建得漂漂亮亮，但他已經畢業了，對他又有何用？空留下他們一個斷掉的記憶，而這些學生才是真正要考慮的 921 小孩。所以品質與效率當然要並重，在民間認養都可做到時，政府實在很難有藉口，而且 921 過快一年時，國中應屆畢業生的基測成績，災區學生成績普遍不佳，更升高此要求。

　　行政疏失包括不積極作為、處置失當、能力或擔當不足，政府學校重建比民間慢半年以上，當然有不積極作為與處置失當在內。推動新校

園運動、遴選優良建築師、採行最有利標，今日看來都是重建過程中衍生出來的重要新價值，重建後的293所學校（包括政府與民間）都已成為國內外的參訪地標，可見學校重建確有令人激賞的成就。惟新觀念新措施若能多作協調，弄通關卡，一定除了品質之外又可兼顧效率，當時若不是重建會被逼介入（因為張俊雄院長整天罵，還說要辦人），這件事恐怕還沒辦法那麼快跟上來。縱使這樣催，都還落後民間至少半年，若不這樣催，真不知伊於胡底！至於那時負責的教育部文官要不要調整或如何調查，根本不干重建會的事，也從來沒有公開表示過意見，讓教育部為難，在行政院要求下送上的擬處公文，又被批寫為「不可思議」（已如前述），就祇差沒說「莫名其妙」！

其實慢的何止學校。古蹟與歷史建築的復建，比學校重建更慢，在2001年除先行修復的6處古蹟與15處歷史建築外，尚有37處古蹟189處歷史建築還在慢工出細活，其理由更麻煩，需先調查作歷史考證，再依傳統工法與材料尋找匠師提修復計畫，審查通過後再提古蹟修復細部設計圖送審，處處都要依文資法規定辦理。

古蹟與歷史建築修復慢得離譜（依重建會的標準），雖有雜音，但沒有什麼「痛罵」「辦人」，其原因可能是真的覺得不能不照古法來，以免搞出個假古蹟假歷史建築出來。另一更重要的，可能是它所涉及的人少太多了，學校都是「現在進行式」，孩子的教育一刻怠慢不得，拖人一天就是害人一世，誰都不敢馬虎，都用高標準檢視。至於古蹟與歷史建築，鐫刻的是「過去式」，那就照古代標準吧！

2. 1999 年以來，台灣恐已有 150 所小學、分校、分班消失了。2004

年監察院建議教育部行文各縣市政府，裁併百人以下小校（全國約有700多所），每年可省51億人事費。但這是921之後而非當時的邏輯。

併校或裁校表面上看似符合效率，但應看當地狀況，尤其是在偏遠地區與原住民鄉。設一個學校沒幾十人來讀，但沒設，又要走很遠的路才到得了。你說要設還是不設？有人提出可用搭校車或住宿方式解決，但這些小孩年紀這麼小，誰能真的照顧好他們？而且全台小學也沒這樣做。民間認養的108所學校中，不乏有若干小小學校的，但愈是這種學校愈屬偏遠，民間慈善機構心腸軟，一下子就決定協助重建，花個三、四千萬就像做善事一樣。在這種氛圍下，政府負責的小學校若因受損或倒塌而趁機裁校，則引起的問題遠大於花費；而且與民間協助重建一比，這像政府嗎！所以就我所知，沒一間棄建的，不管再怎麼小。為了讓這筆錢花的值得，重建校舍往往被賦以社區活動中心與防災中心的功能（現在則加上可以當為外籍配偶的社教場所），如此一來，不祇要建，而且還花上更多錢！這就是921的邏輯。

3. 學校重建成效不能祇看工程品質與建築美學，還需就其維護管理（如校園安全、採光通風、水電之開銷），以及功能（如教學、師生互動、社區活動、與防救災支援）等項，作一使用後的評估，才能確認這293所重建學校是否皆已步上正軌。有識之士擔心的是，萬一出現一流硬體（校舍）、二流管理（後勤支援與維修）、三流學習（教學與師生互動），那就辜負了921期間大家付出的心血（還包括被罵），希望大家一齊來關心。

921

地震之後又來大風災

桃芝、七二與八八

2001 年 7 月 30 日桃芝（Toraji）颱風重創花蓮光復鄉與南投信義、水里、竹山、鹿谷等地；2004 年 7 月 2 日敏督利（Mindulee）颱風重創台中縣和平鄉（尤以大甲溪畔松鶴部落最為嚴重）與南投仁愛鄉；今（2009）年 8 月 8 日莫拉克（Morakot）颱風橫掃中南部，從南投信義、嘉義阿里山鄉，一路往南經台南、高雄、屏東，再包括台東，可說無一倖免，在這三次大風災中影響層面最為巨大，已如 921 一般成為國際級大災難，也是近年來國內風災中唯一進行國際救援的世紀性事件，而且還引起了政治風暴，仍在方興未艾之中。

八八水災就像五十年前的八七水災再現，規模更大，也超過桃芝與七二水災，其兩三天內的累積雨量上看 3,000 毫米（mm），小時雨量破百，死亡人數在這半個月來（本文截止日）可能已逾七百人，比近年來死亡人數最多的桃芝風災 214 人更為慘烈。斷橋約百座，在台灣災害史上未有單一災害有如此多斷橋者。重建經費預估逾千億，直接與間接損失應不及 921 規模，惟山河損壞難以估算。

桃芝風災救災約兩星期，但八八風災在半個月之時仍在救援，充滿不確定性，又是國際矚目，顯見規模之大。八八與桃芝皆在災害防救法之架構下，進行救災，兩者也都有嚴重的國土保安與遷村問題。

很多人一直想比較八八風災與 921 地震之間的異同，以及有那些 921 救災與重建機制可用於八八之上。這種比較衍生出幾個問題：

1. 是否要仿八七水災與 921 震災，頒布緊急命令來有效推動救災與

安置？政府以災防法已可涵蓋緊急命令之功能，決定不另行頒布緊急命令，就目前機制而言，應尚可接受，但須好好發揮災防法之精神。

在921後於2000年7月19日頒布的災害防救法中，已將緊急命令之大部分內容與部分921經驗涵括在內。該法規定：（1）中央災害防救會報由行政院院長、副院長，分兼正副召集人。（2）內政部為本法主管機關，中央災害防救業務主管機關（未包括國防部；風災為內政部，水災經濟部，土石流農委會，陸上交通為交通部）得採取法律、行政及財政金融之必要措施，並向立法院報告。（3）災害應變中心指揮官有多項處分或強制措施之權力。（4）直轄市、縣（市）政府及中央災害防救業務主管機關，無法因應災害處理時，得申請國軍支援，其辦法由內政部會同有關部會定之。（5）為執行災後復原重建，各級政府可組重建推動委員會。

上述規定大要有一處是與921救災不同的地方，在921剛發生時，十軍團迅速到位，因陸軍已將救災當為緊急戰備之一環，可不待命而介入。惟災防法中國防部並非中央災害防救業務主管機關，且支援時係採申請制，故此次八八風災時國軍之第一線救援，可能受此約束，以後應可修訂災防法以恢復該一功能。除此之外，在技術面上應已可用災防法來模擬緊急命令之效果；惟緊急命令有強烈之宣示性效應，卻是災防法之常態法規難以作到的，頒不頒布緊急命令係屬政治考量，今已事過境遷，可存而不論。

2.是否仿921訂定暫行條例之特別法（含籌措特別預算），以有效推動日後之重建？桃芝風災之後增訂暫行條例條文，將桃芝視為準921事

件，適用暫行條例規定。依此，爲八八風災制訂暫行條例，亦屬合理且有前例可循。

3. 依災防法可設「八八水災災後重建推動委員會」，今已成立。

此次八八風災之受害者多半是弱勢災民，雖祇有少數集合式住宅倒塌，但受害面積廣闊，又大部分在山地與流域亟需國土保安地區，日後重建之方式與困難一定有甚多與 921 不同之處，宜儘早做好規劃全力以赴。

桃芝救災

桃芝風災發生之前的星期日，曾當過氣象局長的蔡清彦政委告訴我，氣象局預測有侵襲中部之可能，我隨即從宜蘭兼程趕回，途中即請大地工程處潘明祥處長，先派遣人員攜帶衛星電話進駐可能致害地區，以便發生孤島效應時，能將當地狀況傳遞出來。另並請十軍團賴宗男中將副司令在水里開設前進指揮所，協調南投縣救災中心人員與鄉鎮長村里長，前往勸離居民先行撤退安置，惟居民不是那麼容易可以說服，未能竟全功。

災害真的發生後，沿陳有蘭溪（信義、水里）與東埔蚋溪（鹿谷、竹山）兩處最爲嚴重，死亡逾兩百人，有的屍體被沖到濁水溪滾滾洪流中，一直到出海口，海軍搜救隊尋獲後還要作 DNA 鑑定，才知道來自何方。後奉總統與院長指示，重建區之風災搶救及重建工作由 921 重建會負責，並指定我擔任第五作戰區指揮官。

重建會隨即在 7 月 30 日成立救災指揮中心，由我任召集人，吳聰能副執行長、十軍團賴宗男副司令及南投縣賴英芳副縣長擔任副召集人，公共建設處黃文光處長擔任執行秘書，吳崑茂主秘則打點內外，每天下午 5 點起召開各政府單位及國營事業單位（包括台電、中華電信、自來水公司等）協調會議，馬上處理風災所造成電力、電訊、用水、交通中斷之「孤島效應」，利用已建立之 GIS 系統、微分區圖與航照圖，在指揮中心調度各單位進行緊急救災與復原工作，歷時兩星期才算底定。將要完成救災的前一個星期六與星期日，邀十軍團賈輔義司令、賴宗男中將副司令、賴英芳副縣長等人，分別走一趟竹山──鹿谷段與水里──信義段，以了解整個進度，沿途大石處處，土石墊高了河床，國軍分別在黃旅長與蕭師長指揮下，井井有條的作清理與消毒工作。賈司令在桃芝剛發生且截斷出多處孤島時，即在水里、信義孤島區，在未熄火等待的直升機聲中，在一堆爛泥中，單腳屈膝向總統作簡報，說明國軍的救災推進狀況。等救災告一段落後，他即轉往金防部擔任司令，日後還曾在金門見過面。

幾個問題與檢討

1. 很多人希望桃芝能比照 921，適用暫行條例的規定，亦即要求並已經過修法增訂：在暫行條例有效期間，重大天然災害若認定與 921 震災有相當之因果關係，災區災民、產業與公共設施之安置與重建，得比照 921 暫行條例辦理，其經費另由行政院編訂。修訂後因擔心排擠 921

重建預算，也擔心 921 重建區外災區要求比照，因此採折衷方式，祇在公共設施之復建上予以比照，其他部分則難真的比照。所以在全流域整治以及坡地／林地整治上，即由 921 特別預算之工程節餘款、註銷／刪節款中，專案報院核定後予以支應。至於風災慰助金（死亡、失蹤 100 萬元）、優惠貸款（350 萬，前 150 萬免息）、舊貸款本息展延等政策措施之比照，則難以獲得同意。

2. 桃芝過後，信義鄉陳有蘭溪上十幾座橋無一倖免，要不要原樣加強修復？沿溪的新中橫（台 21）要不要全面修復？這是要花大錢的，因為有不少大跨距的長橋，神木村才修好的新橋也經不起考驗。新中橫路基流失柔腸寸斷，沒想好就重作不祇花大錢也不能有保證。

以此地賀伯颱風才四年就又見桃芝，若三、四年再來一次類似規模的，又要再斷一次。最好的策略就是先以簡便方式通行，再分階段修復，既可達到運輸目的又算安全，至少可省下一些錢先來作信義鄉的其他重建工作，等經費較為充裕時再逐步加強。揆諸本地三年後又大水，五年後再來一次，這次八八亦不能倖免，可見當時的階段性作法是可行的策略。

3. 台大溪頭林區嚴重受損，因與當地觀光景氣之恢復息息相關，故列為優先復原項目，惟林務局祇是被託付代管單位，復建的五億元要誰來出？教育部雖是主管機關，但非林地、土石流、與崩塌地復育的目的事業主管機關；農委會是目的事業主管機關，但非主管機關；觀光局兩者都不是，但觀光要復甦卻與它有關。這樣看起來，人人有關也可以人人無關，所以祇好以政務委員身分找這幾個單位在行政院協調，每人出

一點湊足。多年後碰到張學勞（桃芝時任觀光局長），還在抱怨被強迫分攤五千萬，我笑說做好事啦！

4. 桃芝風災後 2001 年 8 月，開始啓動四大流域整治方案，由我主持多次會議，各單位覺得這是治本方案，於是請各部會署分工整合規劃，分濁水溪、大安溪、大甲溪、烏溪四大流域帶開工作，於 2003 年 2 月 15 日終於提出聯合治理規劃報告，分 2003-2007 年度進行，總經費近 180 億。該一上中下游聯合整治計畫，一口氣又規劃了四個重大流域，大概是台灣水利史上第一遭。但一方面送院核定時間晚，立院通過又一段時間，拖到 2005 年，經費縮水爲 57 億，已是七二水災之後了。

5. 如何遷村？921 震後山上四處都有張力裂縫，崩毀與弄鬆的山石也堆積在那邊，大水一沖就下來了，而在陳有蘭溪與大甲溪都可清楚看到在大河彎曲處、在向源侵蝕處的上方，都建了不少房子。另外在河口、沖積扇建出沒有建照的房子，與山爭腳與河爭地之例，可謂多到不能勝數。桃芝與七二時，這些地方都不能倖免；在東埔蚋溪竹山段邊，看到一排排彎腰的房子傾斜的住屋，在沒倒之前還曾是觀光景點。

類似事件一直重演，一方面是因爲人總是善於遺忘，而且不太能從歷史獲得教訓。有的人則有控制錯覺（illusion of control），認爲他雖處危險之地，但他早已有經驗可掌握這些風險，當然也能趨吉避凶。另外有的人是既然已住在風險之地，爲了避免認知失調（cognitive dissonance），就說服自己也想說服別人說，自己所居住的處所其實安全無虞，可不必擔心。但是大水與土石流都是盲目的，它想流那裡就流那裡，而且一定選阻力最小的地方，就是那些本不應住人的地方。所以善

心人士與有識之士一直建議遷村。

　　桃芝災後，慈濟遊說水里與信義居住在易致災害地區的住戶搬出來，每戶給 300 坪的地並協助就業，但沒一件成功，因為住戶嫌太遠。經建會在桃芝後，一邊倡議國土保安與復育一邊提遷村計畫，也不成。為什麼這麼困難？因為居住在這些地方的人，其生計來源往往是作山與沿河墾殖，早已習慣在山邊河邊過集居或部落的生活。所以若在附近找地可能較有希望遷得成，遠了就有上述問題。但以桃芝甚至八八風災為例，其受影響面一般都是帶狀面狀，很難在附近找到適合的地段。比較可能的是利用台糖與國有縣有大塊土地，作較好之規劃，並給予較大誘因足以維持其生計，也許就有可行性。但遷村難有成功之例，乃在於要給到多少優惠還可以不破壞社會公平性的問題，祇有特殊手段才可能作好特殊的事情，而且最好在大災變現場還很鮮明的時候來做，說不定還有難得的成功希望。

風災抒懷

　　2004 年七二水災之後又來了艾利颱風，想起桃芝與 921，就寫了一首〈聞雙颱盤踞台灣上空〉的長詩，後來收錄在隔年 5 月由印刻出版社印行的詩集《當黃昏緩緩落下》之中，現在又來了八八風災，就像天空的魔咒再度降臨。風中抒懷說不定可以提供一些不同的情感經驗，供大家參考，謹輯錄如下。

聞雙颱盤踞台灣上空

大海追撲著陰暗的天空
竟然也可一路反旋到台灣的上空
就像獨目巨人翻白的大眼
凝視著群山
鼓動著驚濤拍打海岸。

搖晃的群樹
找不到驚起的昏鴉
倚檻的遙望
看不到遠方的狼煙
祇見尖聳的高樓
攪亂壓境的氣流
昏黃的室內
仍然齊唱平安的夜曲。

風雲變幻　總是越過教堂的高度
俗世的呼喚　它桀傲的棄之不顧。
我們的詩人還在夢中祈求諸神的眷顧
恍惚中，看到老媽媽在窗旁默默無言
在堆滿風雪的小院中　期待

馬車的鈴聲；
暴風雪中詩人想起了拜倫
左手托著明月　右手挽著巨浪
急切的踢著漫天風雪
一路追逐自由，高歌曠野。
杜甫的茅屋竟入我夢中
在那風狂雨驟過後
亡魂順著黑水流向西方
在海浪中起伏　調不出老家的方向
我的妻兒今夜不知暫住何方。

已不見驚濤裂岸
但見巨石嶙峋碎木片片
霸占了曾經歡樂的家園
專家淡淡的手指山頭
那是 921 搖鬆的山石
和著雨水　順著山溝
總是會出來的啦；
山上張力裂縫在黑暗中張著長長的口
等待下一次大水補注後的崩毀
那河岸邊半懸的房屋
仍在試探自己生命的迂迴

專家笑著說
星體運行服從天上的自然律
水石沖刷也有地面的規律呢。

小孩牽著祖母的手
瞪大黑眼珠
心中想著
什麼時候可以把玩具找出來
什麼時候搬進爸爸的新家？

不知何處吹蘆管，一夜征人盡望鄉
山中隆隆的滾石聲，聲聲滾入
左岸所有小孩的夢中
夢中的小孩臉都朝向右岸
那裡應該是我明天睡覺的地方。

附記

1. 艾利颱風在北台灣上空盤旋不去，千里外的佳葩逐步逼近，可能互相牽引而形成雙颱連動的「藤原效應」。敏督利颱風才帶來七二水災，台灣上下無不餘悸猶存，天佑台灣！

2. 8月24日晨見烏雲南飛，隨手拿出普希金詩選，俄羅斯的暴風雪一直是他詩中鮮明的意象，是一種自由的象徵，用來掃除被壓抑的一潭

死水。在其 1824 年著名的〈致大海〉詩中,以「像暴風雨的呼嘯離開我們」來懷念一生追求自由,憧憬大海的詩人拜倫。風暴之中,普希金希望的是「喝一杯,度過這貧困的青春歲月」,心中看到的是「那峭壁上的少女,卻比波濤、天空和風暴更動人」,想像的是在暴風雪之後,一齊「去看看空曠的原野,還有那河岸,它是那麼親切」。

3. 古中國詩人對風風雨雨則常不忘感時憂國之思。如杜甫「茅屋為秋風所破歌」有云:「八月秋高風怒號,卷我屋上三重茅。……床頭屋漏無乾處,雨腳如麻未斷絕。自經喪亂少睡眠,長夜沾溼何由徹。安得廣廈千萬間,大庇天下寒士俱歡顏,風雨不動安如山。嗚呼何時眼前突兀見此屋,吾廬獨破受凍死亦足。」杜甫情感豐富,一般詩人想必不會以最後兩句收尾的,可見乃係其一生遭挫下的情摯之語。我曾在 921 中部重建區待過整整 610 天,當地歷經 1997 年的賀伯颱風、2001 年的桃芝與納莉、2004 年 7 月的敏督利與 8 月的艾利,無不帶來土石流浩劫,其家園崩毀的遭遇有甚於杜甫者。假如杜甫知道 921 震災更有近十萬間的全倒半倒戶,相信他心中哀痛的還不衹天下寒士,更有那夜夜輾轉反側時時驚醒的夢中小孩。

重建小論述

這是一本夾敘夾議的經驗之書，常有寫作風格不能統一之處。與 James Watson 一齊發現 DNA 結構的 Francis Crick，曾寫過一本迷人的半自傳體小書《瘋狂的追尋》（*What Mad Pursuit*，Basic Books 於 1988 年出版），交待了他尋找基因密碼與蛋白質結構的石破天驚過程，相當有趣，而且有統一的主題，既具個人化又兼有學術上的均衡感。我很想學他也寫出這樣的風格，但 921 所涉實在太過龐雜，祇能寫點小論述來交代幾個小主題。

理想與濫情祇有一線之隔

每次走在中潭公路上，一進入草屯往國姓、埔里方向，總會看到九九峰與鄰近的墓碑山，山是一大一小，在 921 後光禿禿一片，現在則已逐漸佈滿原生種的小草與植被，綠意日益盎然。十年一轉眼，正如當初專家所預測的，不用多做無益之事，要相信大自然自我療傷的能力。但是當年卻不是這樣的想法。

張俊宏一直遊說農委會水保局，應該開小飛機面對墓碑山（因為太過陡峭，難以攀爬），噴灑由日本買進的種子包，以助早日長出植被。他自己出錢出力作示範，還找了院長總統來看演練，並要求政府部門按這種方式擴大辦理。921 重建會與農委會從專業觀點，認為這種人定勝天的作法無濟於事，不用急著花大錢做不一定有效的事。農委會陳希煌主委與我在深入了解專業看法之後，同意不用大張旗鼓的去作這種看起來不是很聰明的事情。今日看來，當然是要這樣才對，由飛來飛去的原生

種子深入岩壁縫隙，才能抗拒雨水沖刷，也是生命成長的自然方式。

九九峰的復育，事實上也是遵循該一長期的自然復育法則，不過當時要承擔很多壓力。

人定勝天的想法，來自於無法忍受岩壁與邊坡不再有綠意，想要用綠色方法作補救。這是一種理想，但若太過則淪為濫情。同樣的，基於安全與效率的理由，動輒對著破損的邊坡噴水泥漿，在山中確實太過突兀，也是過去不求長進求速成的作法。早期在山中道路行走，最常看到的就是斗大的「反共抗俄」、「毋忘在莒」、「中華民國萬歲」噴漆，以及水泥護坡，在山明水秀的地方真有點煞風景。

郭清江是一位熱心束裝返國的航空工程師，在921重建會服務期間經常深入山區走向源頭，倡議採自然工法（或稱生態工法）用打樁編柵的方式力求補救，甚至認為谷關到德基段的台8與台8甲線，這些已被大地震踩躪得支離破碎的山坡，也應該可以用生態工法予以復育或修復。這種說法很具吸引力，也獲得一些專家的熱情支持，剛開始時還研議是否編一筆200億的經費，來作多元的整治工作，甚至還有人倡議應開國際標，但這件事難度太高又花大錢，而且成效難以預期，因此予以擱置。

台大土木系的工程地質專家洪如江教授治學嚴謹，在剛開始時存著狐疑態度，但與郭清江到各地921現場跑了幾趟後，也被說服，覺得應有推動生態工法之空間。主張生態復育讓大地能夠喘息修養的陳玉峰教授與張豐年醫師等人，則持完全不同觀點，力主不要動它。至於水土保持專家更覺專業被侵犯，因為打樁編柵是水土保持的ABC，假若真

有用，他們早就做了。我身處各種不同主張之間，難以在自由狀態之下獲得心證，覺得唯有實證才是檢驗真理的方法，就請大地工程處去實地評估各種工法的效果，並且等待每年一定會來的颱風與大水，來作大自然的測試。這份報告照了不少整治前後的照片，發現各種工法真的是利弊互見，難以判斷，主因是自然工法在理念上當然占優勢，不祇單價較低，而且誰願意在道路邊看到一些水泥邊坡（包括噴漿與型框植栽）？但是自然工法需要較長時間才能長出來或趨於穩定，惟道路邊坡底下經常有需保全之對象，如鄰近住家或車輛駕駛，故受損邊坡急需快速穩定。又兼中部山區雨水多，一遇風災水災，自然工法的成效常受挑戰。此所以公路單位對這種工法不以為然，常與作這種強烈主張的人發生極大的衝突，因為一旦邊坡無法快速穩定，一發生事情崩塌之後，是公路單位要負責，也是各方責罵焦點。

這是一個典型的理念與實務之間引發衝突的例子。我們經常要在兩照之間作協調與裁定，依個案作不同處理，才部分解決了這些糾紛。類此問題層出不窮，底下再舉幾個例子：

1. 有時專業並非解決問題的唯一良方，如堰塞湖的處理。九份二山中的堰塞湖小，沒有人會動它腦筋，但草嶺大崩山圍成的堰塞湖大，地方上就想好好搞一番遊艇事業，雲林縣政府全力支持發展，該一堰塞湖還跨過嘉義縣界，但嘉義縣政府就興趣缺缺。

草嶺在 921 時崩塌一億兩千萬立方公尺，堵斷水流形成新潭水量甚大，連專家都曾建議過在那邊建水壩。當地草嶺村居民更希望藉此新潭開展遊湖觀光，但為成本計，他們所用的不是正規船舶而是管筏（亦即

所謂的「未具船形之浮具」)。但該事涉及安全以及管轄與管理權限之爭，交通部航政司先同意雲林所送自治條例（因無法適用船舶管理條例），但又表態反對認爲不安全。監察院黃煌雄與黃勤鎮兩位委員爲此成立專案調查。

　　監察院專案調查委員雖不明講應發展遊艇業（擬以「未具船形之浮具」作暫行規範），但一直要權責單位交通部好好處理。結論後來變成「在積極管理下，同意未具船形之浮具遊湖」。依照水利專業的看法，當然是挖個大缺口，讓水流掉是最安全的，但不少人在地方強力要求與人道考量過了頭下予以支持（其理由是921地震後，生計凋弊，應好好照顧災民），讓我們在專業觀點未獲支持下，提心吊膽的「積極管理」。後來經歷2001年8、9兩月的桃芝、納莉、利奇馬颱風，透過沖刷、溢流口降低、淤積等過程，使水量縮小爲1/40，面積變成1/16，最深水深從50公尺降爲5公尺，五個可建碼頭地點經土石流衝擊，祇剩一處，事實上觀光遊湖活動已難再續，解決了前述中央與地方在主管機關、目的事業主管機關與地方自治上形成的行政困境。這一次因爲有大颱風沖出大缺口，堰塞湖從此不見，幫忙解決了該一爭議，疏解掉安全管理上的壓力，但是，下一次呢？

　　事後想來，當然是專業才能真正解決問題，但很多外行人提出一堆理念也無法一一滅火，這種事做多了反而會被罵成是「沒有理念，沒有前瞻性」的保守性格。理念提出後不知節制又轉爲濫情，給專業人員帶來很多壓力，因爲理念不同還可以辯論，濫情之後就什麼事都講不清了，這種時候就祇好繼續「抗壓」了，抓住大的不放，放幾個小的當作

安全瓣。

2. 921 地震紀念地原先提出了 17 處，也是一種標準的濫情反應。站在重建觀點與國際慣例，實在無法理解留下那麼多（又花那麼多錢）的紀念地，有什麼特殊價值，其本意應祇留下最具象徵性、最需要留下記憶、又能帶動反省的指標性建物或地區即可，因此經過反覆辯難，確定了四個地方：

（1）人造建物以學校為宜，將霧峰國小與國中所在地的隆起操場與倒塌校舍，改建成地震教育園區，留下具有紀念性與教育性的地質記錄及文件。

（2）九份二山旁崁斗山的澀子坑，被認為是集集大地震第一爆裂點，適宜當為名符其實的 921 地景紀念地。

（3）雲林古坑的草嶺大崩山全球矚目，規模之大史無倫比，當為大自然災難的博物館，允稱最恰當之紀念地。

（4）草屯九九峰是台灣頭料山層地質的代表，921 之後山頭裸露，傍晚時分具有荒涼與苦澀的美感，日後也可當為自然復育大地自我療傷的範例。

地震教育園區與草嶺是花最多經費也最具旅遊價值的紀念地，九份二山則因交通較為不便，難以成為大型觀光地，但其爆裂點與那一大片順向坡，卻是別地方難以看到的。後來又加了一個竹山車籠埔斷層帶開挖槽溝之保存計畫，內有台大陳文山教授挖掘，8 公尺之內四次地層大變化的明確痕跡，由教育部出面負責，曾耽擱很長一段時間，發包後又解約，所匡列之經費可能達 6 億元以上。

其實還有一個因爲規模太大難以放進去的歷史紀念地，那就是日月潭。因爲觀光業盛行，沒有人想到要把它放到名單之中。日月潭是人工湖泊，有全國唯一的內陸型漁會，主要水源來自仁愛鄉武界壩截取濁水溪上游水，由全長 15 公里的引水隧道注入，形成日月潭，從 1934 年開始，連續 9 年才注滿成現在的湖面，目的在貯水發電。日治時代台灣電力株式會社（半官營半民營）於 1919 年即選定日月潭興建水力發電系統，可說是當時台灣電力的心臟，也是亞洲最大的水利電氣工程。現在的操作方式是水力電廠白天利用重力原理汲引湖水衝下發電，晚上由於使用來自核電廠的基載發電，供電尚稱充裕，可將白天引入之湖水再打上湖中，以備隔日再抽下來使用，而非祇是當爲尾水流掉。

921 時日月潭內拉魯島（Lalu）毀破、周圍旅社房屋倒塌，不到 300 人邵族的祖靈地與居住場所遭到嚴重破壞，對這樣一個具有歷史價值的觀光潭區影響甚大。很難想像一個沒有 Lalu 與邵族的日月潭，當時日月潭風管處王尙德處長立志要把 921 之前已在逐漸沒落的風景區，藉著 921 重建來提升整體潭區品質；謝英俊建築師則大力協助邵族自力造屋。時至今日，Lalu 在安置浮塢穩定下又成更熱門的景點，且擬訂將下沉兩公尺 Lalu 抬高的計畫，周遭涵碧樓及其他新建飯店早已欣欣向榮，更勝從前。

3. 台灣治水有理念派與實務派之爭。前者主張不與河爭地，不斷山腳建公路，遷易氾濫地之居民；後者主張在實務上難以做到，需走另一條路。經建會多次倡議國土保安與遷村之必要性，尤其是在桃芝風災之後，來協助人民遠離易致災害地區；慈濟在桃芝之後亦有此議，且承

諾給一家 300 坪，但都很難做到，包括情勢已很清楚最好遷村的信義鄉神木村及豐丘等地。究其原因，包括有下列幾項：（1）生計依賴後山與河川伏覆地之種植；（2）對農舍與違建之管理，做不到如都會區之都市計畫與建照管理；（3）對產業道路、橋梁等，因選舉與政治因素不敢不修；（4）遷居優惠條件仍不足。所以遷村之議雖多，但迄今難有成功之例，其問題乃出在配套措施不足以解題之故。

這些爭議在晚清劉鶚（鴻都百鍊生、劉鐵雲）《老殘遊記》中，有很精彩的評述。漢哀帝年間，賈讓呈「治河三策」：上策不與河爭地，中策為多穿漕渠以殺水怒之導流、築石隄、設水門，下策繕完故隄增卑培薄。賈讓之後百年，王景倡「禹抑洪水」，十里立一水門，令更相迴注；明潘季馴與清靳文襄皆一脈相承，與賈讓上策顯有不同，主張增築設防、置官建閘，築堤束水因勢利導。劉鶚在《老殘遊記》中，不同意賈讓主不與河爭地（讓出水衝地區，增廣河面，使洪水在一定範圍內氾濫，盡徙冀州當水衝之民），認為河面窄容不下河水祇是伏汛幾十天，其餘時候水力甚軟，沙所以易淤，主張束水刷沙，因勢利導，基本上是大禹、王景、潘、靳之流派。他認為賈讓祇是文章做得好，他也沒辦過河工：「創此議之人卻也不是壞心，並無一毫為己私見在內，只因會讀書，不諳事故，舉手動足便錯。……天下大事壞於奸臣者十之三四，壞於不通事故之君子者倒有十之六七也！」

《老殘遊記》在第 13、14 回中，大批河工暴虐無能，廢民埝，退守大堤（官築），殺了幾十萬人家。民埝低矮，作隄去河二十五里，兩堤相距五十里地，中間採賈讓上策盡徙當水衝之民。惟清朝時兩民埝相

距不過三四里，若硬採賈讓策，則民危矣！要人民遷徙是要花大錢的，若不作，此上策等於殺人之計，因為築大堤在民居之外，若未能真正撤離居民，又用大堤把居民及大水困在兩堤之內，等於讓不能流出去的大水，在民埝與官築大堤之間撲殺人民，可謂無能之後得暴虐之名。依現代說法，若無「配套」（如警告、疏散、安置、安排就業），則民不走，此時實施賈讓上策便成為「清官殺人」。

4. 台灣一般斷層並未畫出禁建範圍，主因是主要斷層線五十幾條，太過紛雜，而且老斷層難找亦難明確定位。921斷層線則在左右各25公尺內禁建，主要是新斷層易確定之故，該作法與美國加州在 Loma Prieta 之後所為相同，因為 St. Andreas 與 Hayward 斷層也較明確，但舊金山與灣區諸多道路與地下鐵（BART），仍在斷層之間穿越（New Scientist, 2006）。日本神戶地震後，雖斷層線明確但仍未禁建，乃係當地房地產太過昂貴，不敢實施禁建之故，所以日本同仁得知台灣作法之後，羨慕之至。但禁建總會傷到土地所有人之權益，因此主張下次同一斷層的地震縱使再來，也應在百年之後，而且不一定會發生在同一條線同一位置上。但這些主張皆難有科學根據，站在防災觀點難有說服力。於是有立法委員提議，既然如此，政府何不出錢買下斷層帶兩側，當為公園綠地？惟政府已積累太多該類未使用之土地，一旦同意恐所費不貲。台灣的問題是當你破例買下這一件後，後面就有幾十件等著你，而且還會再製造幾百件讓你處理不完。所以若能想辦法公布五十幾條斷層帶應注意

New Scientist (April 15, 2006), 頁8-11。

地段，而不致引發太大的政治效應或傷害太多人權益，並作適度付得起的補貼，恐怕才是根本解決之道。

該慢的時候也不能快

有些決策慣性在一心一意追求表面效率下，急著當下作出承諾，除了幫忙解決問題外，還順便訂下最晚完工日期，但常常事與願違，雖然大家知道事情複雜非戰之罪，但不免覺得是兒戲一場。有些工程像鋪橋造路，有成熟技術與可控制工期，所以用趕工獎金與有效控管即可壓縮完成期限，但有些工程與計畫則所涉因素廣泛，不是一句話就可搞定的。

埔里蜈蚣里的邊坡在 921 後頗不穩定，需安排搬遷，旁邊剛好有一塊台糖土地可供使用。當時的副院長游錫堃要求台糖迅速辦理土地移轉，這是對的，一逼之下速度加快；但是順便要求整個搬遷與建屋，要在一年內完成卻是不恰當的，因為搬遷建屋涉及居民意願、建築方式與分攤費用等問題是需要仔細談的，豈是一句話就可了結？

溪頭進入杉林溪的安定彎道路打通工程，是一塊特大號岩石，需大量爆破，總統說要五二工兵群進入協助，絕對必要。但是這件開路工程奇難無比，尤其在這麼堅固之處會有大崩塌，連路都崩到懸崖下，一定有其難以克服的工程因素，因此不祇開路工程延後完成，而且通車後又碰上桃芝大風災，開好的路迅即再度崩毀，最後採行石中造路方式，也就是在巨石中開挖隧道，才解決該一問題，但一恍又多了至少一年。追

究原因，大概是在一切趕趕趕的壓力下，沒能做好仔細的推演，因此在長官到現場急著要求完工時，缺乏強烈的論述以說明其難度，而且災難是不給時間的，偶而就會出現這種狀況。不過真的在路被再度沖毀之前，沒有一位專家能預期會發生如此不理想的結果。

中橫台8與台8甲線之整治，以及桃芝風災後陳有蘭溪十幾座斷橋之修建，也是該慢不能快，先好好想清楚再來決定該怎麼做的例子。它的原則很簡單：等邊坡與流域穩定後，再來研擬可行的修復計畫。

另一個該慢時也不能快的例子，是古蹟與歷史建築的復原。921後有43棟古蹟206棟歷史建築亟需修復，但在一般工程已有逾95％進度時，古蹟與歷史建築的修復進度祇達30～40％，拖了一年多，所編的29億預算不容易下得去。正如林盛豐所言，古蹟與歷史建築修復在預算面上並無問題，而是相關文化資產保護法令不足等因素，造成錢經常下不去的後果。其困難包括有：(1) 許多受損歷史建築所有權人想拆除，古蹟則要求政府解編。(2) 原貌修復耗費大，且需古工法原材料老匠師，沒一樣簡單的，應先排除政府採購法之一般限制，賦以更大彈性。(3) 古蹟與歷史建築常為祖先共業，難以整合意見。(4) 歷史建築泰半為私有建築，政府經費難以給下去。該一困難已在修訂後的暫行條例中有所突破，可給私有歷史建築獎助補貼。(5) 容積率移轉不夠優惠，這是文資法的規定 (台中縣政府，2001)。

但也不是每間都一定要那麼慢，像集集線鐵道因有運輸功能急著要

台中縣政府（2001）。古蹟及歷史建築：營運管理與活化再利用研討會實錄。

恢復，且有像集集鐵道文化協會理事長張學郎這麼熱心的人，因此雖然歷史建築集集火車站幾乎全毀，靠支架撐著，而鐵道則嚴重扭曲變形，卻能在 2001 年 1 月即恢復通車，這是 921 重建史上的大事。

921 後共辦理了 129 件古蹟與歷史建築的修復工程，其中一級古蹟鹿港龍山寺、二級古蹟霧峰林家花園與三級古蹟員林公園內的興賢書院，最受矚目，尤以林家花園最具戲劇性，因為它規模最大而且才花不少錢整建完成，卻在一夕之間毀於一旦，祗剩下景薰樓的牌樓。霧峰林家在清朝的台灣，正如台灣總督府在日治台灣。這裡曾是林獻堂向梁啟超請益台人如何在日本殖民統治下翻身的地方，協助蔣渭水與蔡培火成立台灣文化協會的後援基地，籌辦台中一中的前身台中中學，也有文人往返穿梭的櫟社。假如古蹟應有故事應有一個斷代歷史，又曾經介入社會主流活動，則霧峰林家花園再怎麼嚴重受損，還是要想辦法修復，因為建物或遺跡是表徵人民與社會集體記憶的地方。

但內政部在剛開始時，心裡想的是古蹟就是留下來的才算，何必多此一舉全面修復？這一點與重建會有很多概念與實務上的衝突。後來在監察院（如黃煌雄與馬以工委員）的嚴重關切下，才提出修復方案，但在 2002 年 4 月 9 日卻逕行公告相當大範圍的解除古蹟指定，震驚了文化界（黃茗芳等人，2005）。

嗣後在同年七月一日又宣布重新恢復霧峰林家建物為古蹟，並正式由文建會編列 6.5 億元復建。時至今日，霧峰林家已轉由文建會負責，

黃茗芳等人（編）（2005）。腳步：黃煌雄監委工作記實1999～2005。台北市：遠流。

頤圃建築已先完成重建，其餘景薰樓、大花廳、二房厝與宮保第建築已陸續完工中，惟不知是否能於今年底前開放。

理念與願景

在重建時，各種功能的復原是最原始的出發點，在此過程中牽動了政府與民間的合作，當各項功能的復原逐漸達成時，地方與社區的自主力量開始崛起，希望能走出一些願景，其中最有特色的是社區總體營造。以南投為例，大家豔稱的埔里桃米社區、魚池大雁村澀水社區、鹿谷小半天、中寮和興村與龍安村、水里上安社區等，其實不是社造點的全部，但它們帶動了社造與觀光業的結合，意外的造就出災區的酒莊與民宿產業。全國民宿在 2004 年時約 1,400 家，合法的有 490 家，南投合法民宿逾 106 家，高居全國第一，每到週末幾乎客滿，很多是透過網路預訂。新故鄉基金會的廖嘉展還引進日本神戶地震的象徵建築，將鷹取教會紙教堂（Paper Dome）的 58 根紙管，重新組裝在桃米社區，並在紙教堂旁邊由邱文傑建築師（霧峰 921 地震教育園區設計者），設計社區見學園區，營造出廣被引述的特色。

其實 921 重建所發展出來的新價值與值得稱道的願景，不是祇有社區總體營造，還有防災社區、生態工法、地質／環保／生態教育、國土保安、生命教育、新校園、政府與民間協同重建、長期蹲點式的參與及記錄等項，都是在 921 後在中部災區逐步且具體發展出來的，而非祇是口號式的概念而已，應可供國內有心人士參考。但我們關心的是，這

些具有創新與理想性的作為，還有多少仍是運作良好的？以學校重建為例，293所重建校園（實際建292所，一所合併）美侖美奐，早已成為國內外參觀的地標，但我們最怕的是發生下列的狀況：一流的校園（硬體）、二流的管理（軟體）、三流的學習（精神）。同理，原先推動的60個社造點，現在仍有效運作的有沒有過半？社區意識與在地活力是否還欣欣向榮？我想921十周年之後，應有一個檢討計畫來評估上述各項曾是大家的「重建大夢」，是不是還在維繫運作，更重要的，是否還保持著原先的理想，一直往上提升，營造出大家美好的共同記憶！

省府的陰影

我的同仁大部分來自精省後的省府人員與各部會署的中部辦公室，有豐富的省府經驗，在921重建與桃芝救災時，他們也會拿省府時代在大災變時，所曾發揮的承上啓下功能，來自我勉勵。省府的陰影在他們生活中其實還很巨大，過去的經驗有如一張記憶的網，在心中若隱若現。

有時傍晚從辦公室遙望八卦山麓落日，近看已建了四十多年的中興新村（1957年正式啟用省政大樓，歷經十任省主席與一位民選省長），村內夕鳥穿梭屋巷之間，雖無梵谷落日昏鴉的悲涼與混亂意境，卻彷似看到「昔日王謝堂前燕，飛入尋常百姓家」，一飛一入之間，說盡了中興新村的歷史滄桑。

也是一樣的傍晚時分，行政處游文德處長（一位典型的省府老將）

攜陶淵明退歸故里，在53歲時秋夜醉後所作〈飲酒二十首并序〉中的第五首，與我相交談，並言及其公務員一生後晚近心態的改變。看他一副老僧即將入定，要遁出紅塵走入荒山野外的樣子，不禁點他幾句。陶淵明這首詩是「結廬在人境，而無車馬喧。問君何能爾？心遠地自偏。採菊東籬下，悠然見南山；山氣日夕佳，飛鳥相與還。此中有眞意，欲辯已忘言。」

我說陶淵明很容易給人感覺是住在山邊的荒郊野外，其退歸故居之嘗居地考證，亦環繞廬山與柴桑山附近，但就其詩觀之，若結廬眞在荒郊野外，則何必一開頭就說在人境又提車馬喧，如此爲詩豈非一點都不寫實，也無法表達超然物外的心境。最重要的，還是陶詩中自問自答「問君何能爾？心遠地自偏」，若居住地眞屬偏遠，何必寫心遠地自偏？所以我判斷，陶詩撰就之地，必居小城之內，惟在東籬之下仍可悠然見山。游文德顯不以爲然，但一時之間也不知如何詰辯，就忘言回去了。

時隔四年，再查楊勇（香港中文大學新亞書院中文系六朝專家）所著《陶淵明集校箋》」之年譜彙訂，他考證陶淵明應卒於63歲，認爲陶死時實居城邑，故其輓歌詩中有謂「嚴霜九月中，送我出遠郊」。惟飲酒詩作之居是否即爲死前居所，則未敢多置一詞。

我對中興新村愈來愈有感覺，心有所感集句一首，雖音韻不諧，差可交待心情，眞的是：

昔日王謝堂前燕，飛入尋常百姓家。

此中飛鳥有真意，欲辯興衰已忘言。

　　宋楚瑜說 921 時又逢精省，致不能由慣往統籌地方事務的省府，進入第一線救災與重建，延緩各項作業。他一再認爲精省是 921 重建績效不易彰顯的主因，聽在第一線工作人員耳中雖然不太順耳，倒也有幾分道理在。在救災時、工程經費核定時、重建時，確有很多「眉角」，包括人地熟悉度、鄉鎮縣市運作狀況與地方人士溝通等項上，省府幾十年的經營當然有其優勢在，而且若由省府秉其運作多年之指揮系統，以及對人事與考核握有實權調度而言，確可加速部分救災與重建之進度。惟此事已非新政府所能負責，畢竟精省是國民黨政府少見的魄力之舉，主要也是呼應數十年來社會的籲求，誰知道 921 跟著來，規模又這麼大！何況誰能負責任舉證說，若眞由省府來做救災與重建，會更省錢更有效率更有品質？歷史不能倒流，在一切已無法改變時，再講精省與 921 的關聯，似乎也是欲辯已忘言了。

重建小故事、人物誌與第一線接觸

行走災區，所見所聞，令人感動的故事與人物，可說彎一個角落就碰到一則人間的傳奇。我覺得一直在那邊控管工程，呈現數據，解決看起來永遠作不完的事情，固有其必要性，也是我們做重建工作的主要目的，但很多小故事富含人性，卻不能讓它們沒沒無聞，這些才是真正體現 921 重建的精神所在，因此要求同仁彙整部分感人故事印成一本小冊子，讓這些小故事能夠傳諸久遠，包括如何重建蛇窯、協助興建大愛屋、教導小孩寫作畫圖、修復教堂、自組植物染工作坊、組媽媽劇團、開美食小鋪等。

救災與重建小故事

在這本重建會（2001）的書中，有很多是與救災有關的小故事，譬如：（1）德國與韓國救援隊在大里市「台中王朝」，合力救出受困 90 小時的小男孩張景閎。台北東星大樓（死亡 87 人）孫家兄弟（孫啟光、孫啟峰），則在快 130 小時的受困後才被救出，當事後知道他們是靠冰箱裡的爛蘋果、尿液與救援時噴灑的水維生時，大家心裡的一根弦好像被撞了一下，感動莫名。（2）在大里市倒塌的金巴黎大樓內，挖出已經死亡的父親緊緊抱著兒子悲慘又感人的畫面。一位南投災民在土埆屋中硬撐著屋梁，讓媽媽即時逃出，年邁父親仍被壓死，在七、八天後父親的喪禮上，他的雙手還高舉著無法放下來，錐心之痛一直在啃食著他。（3）

921重建會（2001）。天地無情人間有愛：921大地震救災小故事。

租在大里市的朝陽科技大學學生王智昱，歷經 18 小時才被救出，之後昏迷三天，到了第三年才慢慢忘記地震的噩夢，而且不願回想那驚恐的 18 小時。

台灣全民關心而且投入震災善後，其實與這些感人事件脫離不了關係。相關的事件一直在出現，2000 年 12 月為了降挖九份二山堰塞湖的溢洪道，在作施工便道工程時，挖出兩具屍體（尚有 22 人還在地下），一隻已經乾縮的手扒開層層土堆現身，重建會的九份二山專家廖維士告訴我，那是 87 歲羅陳玉妹的手，另一位是 33 歲菲傭裘斯菲。羅老太太的兒子一直撫摸著他母親已經乾縮的手皮，問我要不要摸摸他母親的手，我看他滿臉孺慕之情，深受感動，不由自主的拿到手上，我們一齊焚香默禱祝她一路順風。

地殼下的低鳴

雖然經歷過多次地震，但從沒真正在近距離聆聽過地鳴。晚上大約 10 點回到中興新村五百戶的宿舍，正在客廳記錄一些當天心得，忽然聽到一陣長達十來秒這輩子從沒聽過的怪聲音，那是一種能量集中在低頻帶但又有高頻音，混合有豐富泛音、在空曠大建築物內的回音、蒙古人用腹部力量壓迫橫隔膜震動的聲音，帶有風切，好像來自遙遠地方但又強烈共鳴的聲音。半夜聽來，有點詭異的感覺。一下子之後搖晃起來，回神過來就判斷出這是地鳴，因為斷層線就在後面 20 多公尺處沿山丘切過，我想聽到的應是地震初波（P 波）跑到空氣中所發出的聲音。哥

白尼曾說星體的運行，就像天堂的樂音（music of the heaven），那這種聲音就像是地殼下的低鳴。921餘震多達萬餘次，這是我第一次恐怕也會是唯一一次，在這麼近的距離與斷層共舞。我相信住在斷層附近還醒著的人，在1999年9月21日凌晨1點47分之前，一定有過這種一生無法釋懷的魔音穿耳之集體記憶。沒聽過的人，可以上Google打入"sound earthquake"，就有美國USGS用地震記錄器錄下的各類聲音，可以稍微體會一二。

苦中作樂

重建工作雖然辛苦，但心情放輕鬆動動腦筋，也有苦中作樂的效果，試看底下幾個例子：

1. 雲林古坑草嶺大崩山，從順向坡岩壁上，飛出一億兩千萬立方公尺的土石，堵截出兩個大堰塞湖，共花了多少時間？答案是15秒，時速480公里。

2. 失業不必看數字，亦可略知一二。每天早上東豐大橋上東勢往豐原方向塞車，傍晚則反方向塞車，表示外出就業者多。東勢本為富庶之山城，這種現象顯非正常，其中一個原因就是災後受創嚴重，需要外出「以工代賑」或作1/3條款的工程等，來維持生計。

3. 集集特有生物中心何健鎔助研究員，來講他們如何在重建會支援下，到埔里桃米社區、魚池大雁村澀水社區、中寮和興村復育螢火蟲的事，讓我回憶起到嘉義瑞里視察，夜宿若蘭山莊的深山經驗，半夜仰看

模糊的銀河、聽黝黑中的河流水聲、看螢火蟲明滅在草叢樹枝間。楊偉甫（時任中區水資源局局長、重建會大地工程處副處長，現任水利署副署長）聽了以後，也想到要在集集攔河堰弄個燭光咖啡廳，遙看螢火蟲閃爍在濁水溪邊的風景。我請吳聰能副執行長去找全國最優秀的螢火蟲專家，齊來中部重建區弄個螢火蟲大道，一路看下去也是個奇景。城市中的荒野經驗，可以當為人類獲得救贖的基礎，若推廣成功也可以介紹到都會區去，可惜這是一個未完成的夢。

4. 已經忘了是多久之後，到國家音樂廳聽捷克愛樂管弦樂團，演奏全本史麥塔納（Bedrich Smetana）《我的祖國》（*Má Vlast*）六首交響詩，在〈高堡〉（High Castle）、〈莫爾道河〉（Moldau）、〈波西米亞的原野與森林〉（Bohemian Meadows and Forrests）的樂聲中，彷彿置身在山丘上的城堡，看到月光下流動的河水，遠眺應該是波西米亞的原野與森林。腦海中立刻浮起當年桃芝風災那段期間，經常要到受害最嚴重的信義鄉與原住民部落，去了解災情與需求，從山丘上往下看就是濁水溪上游與陳有蘭溪，再往前眺就是平野，與史麥塔納所表現的若合符節，令人懷念再三的我那受難的山河！

不可思議的騙局

2000年7月某日與彭百顯縣長有約，但他臨時爽約，因為有人告訴他，國際金剛菩提總會及聯合國世界人道救援委員會，募得十億美元要捐給921，他當為一個父母官不能不去爭取。我心裡嘀咕，又有人設局

來騙了。對這種事情我早已有免疫力，因為在剛接重建會執行長時，就有過去服務過的國科會朋友，約說有人要捐款給921，數額頗大值得一見，在晚宴中看到一群有江湖氣的人，神秘兮兮，一直在提所謂的「中華民族資產」，他們說三千億重建經費？小 case！有一筆歷代中華資產存在美國，你們需要的這些錢，單是用利息給你們都有剩，給我們一張公文再附上銀行戶頭，馬上撥過去，算是中華歷代老祖宗給的一點恩典。我又不是沒見過世面的人，一聽就覺得不像，也祇好虛與委蛇一番，回去請教前台灣銀行總經理何國華，他馬上跟我說算你看得開甩得快，過去已經有幾位政府名人深信不疑了好久。後來人事行政局朱武獻局長，碰到幾位號稱從日本來的 O-Bai 櫻梅公司代表，也說要捐款又建房子，同樣的，也是天文數字，我在那邊看他們進進出出講手機，一副煞有介事的樣子，不禁暗笑。類似的遭遇還不少，記得有一個叫作梅園家族的。

他們這些人真的很會演戲，弄的名稱也滿好聽，事實上當然沒一件是真的，我想「金光黨」可能都比不過他們。當時我向幾位企業界朋友請教，他們這樣做有什麼好處？因為也不可能反向騙錢過去。討論之後沒什麼答案，大概不外是在這過程中，他們多少可以當個短期的「大人物」，因為很多人對他們有所求，騙吃騙喝又可聽到別人的敬佩話語，假如還能拿到公文是大機構發出的，又可以再去招搖撞騙一番，過過乾癮。當我把這些經驗告訴彭縣長後，他表示後來也弄懂了，不過當地方官的，真有人這樣講，不去走走也會被講話的。這話說得極有道理，以後也不會傷到我們，因為我們都已打過預防針，免疫力毋庸置疑。好

在，還沒聽過真的有人因 921 之故，被騙到人財兩失的。

民間重建貢獻獎

到災區重建的隔年，大家想到應該頒發民間貢獻獎，來感謝他／她們無私的付出，而且找了添興窯的林清河，製作「含淚播種 歡笑收割」的陶燒紀念品。當時我們頒了二十六位個人獎，率皆未廣為人知，但長期在災區蹲點，是民間重建中不可或缺的靈魂人物。之後還陸續頒贈表達敬佩之意。重建會（2006）綜合列出了底下名單：

1. 特殊個人貢獻：

羅時瑋	王國翹	吳守信	吳永堃	吳清泡	周進升	李慶忠
沈國義	林金土	林清河	林建元	李阿綿	柴惠敏	洪曉菁
范揚富	翁慧圓	張紅雅	張桎源	施武忠	喻肇青	陳振川
陳興田	曾旭正	曾孝明	曾建軍	陳世芳	廖振益	葉瑞美
鄒 樹	廖嘉展	歐陽慧芳	蔡秀琴	馮小非	盧思岳	
顧英惠	賴朝賢	謝英俊	謝輝龍	蔡金堂	蔡進興	

2. 重要團體貢獻（未列大公司、支援之地方政府）：

紅十字會	老吾老基金會	世界展望會	長老教會
寶島行善義工團	全盟 伊甸	摩門教會	一貫道
張老師基金會	慈心基金會	曉明社福	中台禪寺
佛光山	法鼓山	香光尼僧團伽耶山基金會	
慈濟	國泰人壽	TVBS 關懷文教基金會	

智邦文教	埔基	物理治療學會	扶輪社
中興電台	安麗公司	草屯富安守望相助隊	
國際青商	獅子會	中華搜救總隊	

上述這些偉大的人與團體，都是我在重建區工作時，經常會見到面的朋友，列在這裡（所列其實不全，恐不及十之一、二，係以《重建經驗》一書所列為準），以便牢牢記住他們不求回報的貢獻。

上面的名單我怕加列後掛一漏萬，反而對不起沒列入的，所以不作更動。祇有幾件事要提出的，一為921震災重建基金會，半官半民，謝志誠執行長貢獻厥偉。第二為學校重建過程中的建築師與熱心參與人士。第三為一百三十多個在地工作團隊，從2000年12月29日我們先開始在東海大學召開「震災災後重建問題探討及民間工作團隊經驗交流研討會」，原則上每三個月開一次，會中凡有決議就予列管，由重建會來總其成。其中全國民間災後重建聯盟（全盟）比較特殊，規模也大，召集人是李遠哲，執行長先後是瞿海源、謝國興等人。全盟後來也轉出（spin off）台灣社區重建協會（台社協）與台灣原住民族部落重建協會。台社協由盧思岳等人來推動，盧思岳後來乾脆就住下來，在石岡開民宿。

第四則與我有關。我在1999年10月9日到2000年3月3日，擔任「災後重建民間諮詢團」的執行長，這是當時中研院李遠哲院長應行政院蕭萬長院長之請而籌組的，由他任召集人。那時的副執行長是林能

921重建委員會（2006）。921震災重建經驗（上）（下）。南投市：國史館台灣文獻館。

白與賀陳旦，其他的專業人員名單如下：

1. 工程與防災（召集人：陳振川）

   陳舜田　洪如江　許茂雄　顏清連　羅俊雄　陳振川
   蔡義本　葉義雄　張荻薇　張吉佐　莊南田　潘　冀

2. 環保與農村（召集人：陳希煌）

   陳希煌　林宗賢　蔣本基　郭城孟　翁徐得

3. 醫療衛生與社會／教育／心理（召集人：吳英璋）

   謝博生　陳建仁　蕭新煌　鄭麗珍　吳英璋　曾憲政
   周碧瑟

4. 社區與文化（召集人：陳其南）

   陳其南　陳錦煌　賀陳旦　薛　琴　林懷民　黃春明
   杜正勝　瓦歷斯・諾幹　　陳亮全

5. 產業、財務、與管理（召集人：林能白）

   鄭深池　殷　琪　侯貞雄　戴勝通　高承恕　林　全
   林能白　麥朝成

6. 法律與行政（召集人：林子儀）

   林子儀　范光群　朱柏松

人物誌

重建期間經常看到證嚴上人到災區關懷各項慈濟的進度，她勉勵災民「一時受苦並非一世落難」，當有人說「我們沒錢，政府比較有錢」

時，上人的這句名言就講出來了，而且說「我們總是要有個開始」，有
做就有用，快做就是省錢，自己也要下場，而且今天就開始。當慈濟幫
忙整理學校時，有些災民祇在一旁看，請他們幫忙，他們卻說「差不多
做好了啊」，上人很有智慧的說「你們的做好了，別人的還沒好」。災民
臉一紅，也就做起來了。她不贊成在簡易教室裝冷氣，一方面是生態環
保的考量，另一方面則認為天災地變不可能在短期內回復到過去，環境
差些本就該如此，受苦可以訓練，不可太順好逸惡勞的本性。這些都是
上人可以講，但我們不能講的話，雖不中聽卻可帶來反省的力量。我與
幾位同仁到花蓮精舍向上人請益，她一再以「一時受苦不是一世落難」
相勉，後來陳總統在隔年元旦予以引述，並將「災區」宣示更名為「重
建區」。

中研院李遠哲前院長在 921 時，召集成立全盟與民間諮詢團，貢獻
巨大，他最關切的就是「921 重建要有願景」，希望春天來時一切會改
觀，而且用盡心力來催促這件事情，他是這個時代難得一見的理想主義
者。

陳水扁總統出身貧寒，對災區有感覺，他今天淪落到這樣的困境，
實在不是我對他的第一印象。在 2001 年經發會開議、金融六法開立法
院臨時會前夕，阿扁來到有百年校史的魚池國小重建落成典禮，脫稿演
說居然喊出「魚池國小萬歲、萬歲、萬萬歲！」，會後他緊握我的手說
「重建一件一件有成果，心情真是愉快」。看來，那時經濟困頓的壓力確
實太大，連這種小工程完工所帶有的象徵性意義（重建路上的一小步），
也令他心情一時得以舒坦。在彭百顯縣長被地檢署收押後，他的母親到

重建會陳情要見阿扁，當時我們正在烏溪大橋了解趕工進度，便向陳總統說「彭母是一老實的鄉下人」，他回說「是啊，就像我媽媽一樣」，一回到民眾服務中心現場，警衛曾有攔阻動作，但阿扁一路走過去扶她起來，要她與彭縣長多找有利證據。

呂秀蓮副總統是中台灣觀光聯盟的精神盟主。921後在林盛豐副執行長催促下，與谷關有一張（張明仁）及盧山有一陳（陳興田）的聯繫下，在2001年3、4月之觀光回流人次，已逾震災前水準（可能也與週休二日有關）。呂副在當地感念下，被推為該聯盟的精神盟主，他們估計過總統來一次所節省的廣告當量為一千萬，副總統則為五百萬。

南投彭百顯縣長921期間戮力從公，做出很多重要工作，但卻飽受流言之苦，可說是一位沒有被真正了解的災區關鍵人物。2000年11月南投地檢署收押彭百顯，我當時公開表示這種作法不祇影響重建，也會產生縣府同仁間的寒蟬效應。有人說他在學校重建時要一位張老師審核後簽名，才能過關，彭縣長解釋說縣府辦過活動，要國中小校長參觀寺廟建築，由一位草屯仙佛寺張老師（法號混元禪師，原為測量工程人員）上課，其中談到易經、八卦、風水，但祇是給校長增廣見聞，並非強制要求，學校重建的審核標準也沒有這一項。很多人對彭縣長有意見，可能與他的個性有關，他富理想性格，但不善與人溝通主見很強。若是全由他作主，也許不會弄得這麼僵，但災後重建太過複雜，不祇災民不同、個案不同，難度各有差異，大家意見更多，牽涉的政府部門相當廣泛，在在需要溝通。他這部分沒作好，可能就會有人把一些莫須有的事情灌到他頭上，如俄羅斯原木案，就把他及身邊的人弄得不清不白，檢

調單位與監察院都偵騎四出。看起來有很多事情，本來是可以不必發生
的。

旅日名歌星翁倩玉心繫故國，在 921 周年時重返南投，在白冰冰主
持的晚會上，與彭縣長及我合敲和平鐘，她說了一段相當重要的話「災
後一年，很多事表面上看起來已有改善，但愈走到裡面，問題愈多」。
事實也是如此，愈到後面要解決的事情會愈來愈少，但剩下來的問題卻
愈來愈困難，像住宅重建。

謝英俊建築師全心投入災區，協助邵族、和平鄉松鶴部落、仁愛鄉
過坑部落等地的原住民自力造屋，雖因觀念尚未打開，所建房屋未能滿
百，但 DIY 比一般可省下四成，一直到現在還在幫忙，而且遠赴大陸川
震地區協助。

全景傳播基金會的吳乙峰，在國姓、中寮、魚池、和平等地長期蹲
點，製播「生命」系列紀錄影片，大受全國及重建區的歡迎，提供一個
難得的反省機會。他希望記錄的東西，是五十年後他的孩子還可以看的
東西，顯然他履行了諾言。

奇人錄

2001 年 7 月下旬，我與重建會大地工程處潘明祥處長一齊到嘉義縣
查訪，由梅山鄉陳國雄鄉長（Beer 陳）陪同，到鄉代主席葉勝興的瑞里
村家裡。Beer 陳幾杯啤酒下肚，在晚上 8：15 召集社區守望相助巡守大
隊，當作夜間演練。巡守大隊由瑞峰、瑞里、太和、太興的村民組成，

他們救助所有項目，包括抓偷竊、救火、救災、送醫等，就像鄉間走動的 119。這些人當年在半夜還在烘焙茶葉時，就聽到雲林草嶺大崩山，轟隆轟隆的飛出一大片土石到嘉義縣境來。Beer 陳一召集，他們真的像是操練過的部隊，不到一小時就來了幾十人。大隊長王清輝出錢出力，一年賺的百萬元都用到隊裡去，令人佩服。

夜宿若蘭山莊，在小屋外夜訪 7 月螢火蟲，在黝暗中仰望銀河，雖不若在戈壁高原的低緯度地方看銀河，那可是又近又亮又會在短時間內轉動銀河臂，但也算差強人意啦。這是從小幾十年來，第一次在台灣又看到銀河，沒想到是在 921 服勤期間。

隔天途中巧遇災區名人林務局。他本名林士榮，是瑞里大飯店董事長，921 時飯店變成危險建物，林務局認為該飯店過去侵占林班地，是違建，要求儘速拆除。林士榮因此憤而改名為「林務局」，當為自然人，與公務機關的林務局大打官司。我問他改名的源由，他說以後假如官司打贏了，是我這個「林務局」打贏那個林務局；假如輸了，那是「林務局」輸給林務局，與我何干？反正輸的都是林務局！真的是阿Q之中有戲謔。這個人積極進取，飯店倒了乾脆不再重建，當了嘉義縣旅遊協會理事長，兼營全台旅遊卷，日子過得挺有特色。

我的飛行經驗

這說的不是開飛機的經驗，雖然我一直佩服會開飛機的人，覺得世界上再沒有人比他們更偉大了。在重建會待了無假期的 610 天，車程六

萬公里，飛行了 365 次（不含直升機）。每次到台中水湳機場，搭螺旋噴射小飛機往返台北，一起飛就睡著，有時在碰的一聲以為失事時醒過來，原來到台北了。每次都會想起搭螺旋小飛機，從戈壁沙漠返回烏蘭巴托時，駕駛抽菸隨手一丟就上飛機，起飛時照慣例又睡著了 30 秒，醒來後，老友於幼華跟我說漏掉了幾個好鏡頭，原來駕駛在起飛時耍帥，向底下的人揮手告別，差點撞上電線桿。

桃芝風災時，行政院張俊雄院長到南投勘災，先到清泉崗機場換直升機，我因故趕不及，到機場時直升機已在滑行，又不能攔下登機，祇好往回走，現在是路斷橋斷，根本無法靠車輛通行，但院長屆時一定會詢問交辦，我們不在現場是不行的。許志銘處長聯絡空軍聯隊，緊急從嘉義水上機場調 S70C，到中興新村中興會堂前廣場接轉。當我到大禮堂前，直升機已將降落。本來是要到第二地點信義鄉同富村會合，不過飛行人員太厲害，空中聯繫不斷，發現還來得及到溪頭台大試驗林前，就一路尋找降落，沿途水氣風向不穩，還要開門看好降落地點，會合換機，剛好趕上他們走完行程，而我已早一步在另一台直升機內等候，國防部伍世文部長驚訝的問我怎麼到的，竟搭配得這麼好。我說，空軍真厲害，能作最好時，絕不做次好的。

桃芝時信義鄉四處都成為孤島，要靠直升機救援，但氣候不穩，常有起霧、湧升氣流之情事，S70C 已經算是性能好的直升機，但對氣流還是相當敏感，起起伏伏，有時艙內士官長要打開機門，看看底下是否有操場或空地可以降落，同時還要提醒駕駛「小心，有電線！」。

理未易明，不知是誰的錯

　　桃芝風災後，我與神木村陳村長從山上往下看，大約有三百來戶的村子，並問說底下那一戶是有建照的。我這是明知故問，陳村長則是啞巴吃黃蓮。神木村中的聯外橋梁，如松山橋便道、愛玉子溪橋是修了就被沖掉，沖掉再修，沒個了時。要遷村談何容易，因為他們是靠後面那座山吃飯的，你能給他們什麼路，走得會比現在順暢？這是問題所在。不過他們也學會了如何與政府打交道，在風雨要來之前，有線電視記者就已先進駐，及時報導，政府人員當然應聲即倒，趕快過來處理。我與南投災民混得比較熟時，教授的本性就跑出來了，「那裡是全世界超限利用最多的地方？」「南投」，他們用不可思議的表情看著我。「那裡是全世界違建密度最大的地方？」「南投」，他們仍然用著狐疑的眼光看著我。但幾分鐘後，有的人不情願的點了頭，更多的人說「真的嗎？」。南投人真有水準，至少聽得下這些疑問句！

　　聯結集集與鹿谷的集鹿大橋是斜張橋，因為調整應力鋼索，且兩端的引道也需調整，工程本就較為複雜，又兼得標廠商財務不良，公路總局一直無法符合進度。有一次阿扁去視察，集集大小樁腳紛紛打小報告，阿扁大大發了一頓脾氣，王赫斯怒下，當晚梁樾局長與大小工程師們喝了一場悶酒，苦不堪言。我那天因沒辦法陪訪，事後才得知。在烏溪橋（連結霧峰與草屯）趕工進度超前時，陪阿扁前往視察，便告以上述情事，謂與省府時代公務習性無關，亦非黨派性杯葛，純屬技術性問題；並建議反正罵也罵過了，在進度超前時，可否多講幾句好話激勵一

下？他從善如流，大小工程師們當晚就好過多了。

第一線接觸

我從學界一頭闖入政界，又是馬上碰到如此複雜，涉及中央與地方的事務，祇能憑直覺辦事，事後想想最重要的還是「不為己謀」，這是放諸四海而皆準，處理公務的最高指導原則。遵守這種自然法則與直覺，使我避開很多不必要的紛擾。

剛到重建會時，經常有總統府交下的「921震災災區重建現存問題調查」之類的機密文件，對一些弊案傳聞、自救組織（如災盟）之動態、抗爭等項特別著墨，一看就知道出自情治人員之手，我還必須就一些警覺心太過卻不符實際狀況的案子，妥做說明，以免妨礙與災區的互信而拖緩重建。

一位同事日後跟我說，他最佩服又覺得被信任可以放手做的是，任何工程開標前，我都不會去找他們！我聽了一頭霧水，本來就應該這樣啊！後來才知道，原來他們過去長年的公務生涯中，不免會有長官在開標前找他們「關切」事情的進度與方向。吳崑茂主秘（後任副執行長）經常說，他最覺得珍惜的公務經歷是，掌管這麼大的預算做這麼多事情，當鄉鎮縣市經常被檢調蒐查，被檢察官起訴時，重建會居然都沒發生這類情事，雖然可能與少做第一線工程有關，但已相當難得，認為是這輩子當了幾十年公務員最大的榮耀。游文德（行政處處長，後任主秘）也說生平最愉快的事，莫過於在重建會底下正正經經做事，在二千多億

巨額經費的分配控管下，大家都能安心的做善事，頗感慶幸與驕傲。

副執行長林盛豐在台大城鄉所待過，是伯克萊加州大學建築學博士，講得一口好英文，過去曾協助整治冬山河、在宜蘭建新校舍，當時的副院長游錫堃推薦他來當副執行長，我與他素昧平生，看他專長也算符合，就請他負責倒塌校舍的重建。他主意極多，經常想跳脫法令的束縛，包括對採用最有利標來提升校舍重建品質的執著。我在主管會報時，問他若依此作法涉及刑責，你為「圖利災民」願意承擔多少刑期？他當一回事算算，就說可容忍的極限是兩年半，我就說：好，那就 go ahead（往前做去）！大家都笑了，覺得這兩個人瘋了，這就是當時的氣氛，另一副執行長郭清江跟著舉手說：me too（算我一份）。從此之後，公務員的習氣有了很大的轉變。

唯有如此，很多進步性突破性的作法，因為「不為己謀」，才不致淪為畏首畏尾，才不會因怕圖利他人（這是公務員的最怕）而寸步不前，也不致因為勇敢而遭殃。正因為如此，不同黨派的民意代表才不致於整天挖空心思想揭弊案，了不起在不清楚下罵罵效率不佳重建牛步化之類的情緒語言。

重建會好玩的事還很多，再舉三例：

1. 郭清江在仁愛鄉和原住民代表開會，有人跟他說「政府都不來照顧我們」，郭回答「你不要這樣說喔，我那天去了。」那人說「你被鄉長拉去吃飯啦。」郭回答「我們那天找人去補裂縫做植生，一天一千五，你們都不去，好幾個壯漢在喝酒，現在卻說沒給你們找頭路」。郭清江講的也是實情，有一次我在信義鄉潭南村看到外地人來幫

蓋簡易房子，有些壯漢卻到處閒晃，一邊喝可樂一邊看別人幫他們蓋房子。漢人的例子聽到的更多，就不想多講了。

其實這些災民並不是故意不幫忙，祇是可能已習慣被人照顧，加上較害羞缺乏主動性，祇要提醒他們，就會了解、一齊來做事。重建工作必須包括這方面的觸發，因為重建團隊總會離開災區，災民必須增強免疫力，我們應該給他們「釣竿」，而不是祇給「魚」。

2. 負責住宅與社區重建處的副執行長柯鄉黨（後出任營建署署長，已過世），是有三十多年處理住宅經驗的資深文官，副處長張泰煌雖然身體不好也是全力以赴。他們曾經作過多次馬拉松式的協調，其中一次從下午2點開到晚上11點，協助霧峰太子吉第重建，當時太子建設副董事長莊南田是位心懷善意的佛教徒，出了不少錢來幫太子吉第重建。

但是單憑善意與努力，也有解決不了的時候，像台中市美麗殿大樓就是一例。柯副執行長曾與我到現場協調，幾乎吵成一片。兩派人馬一主拆一主修繕。該大樓800多戶中有500多戶是8～10餘坪的小套房所有人，買的時候房價近百萬元，他們說不定希望能去申請350萬優惠房貸，因此主拆；另外300戶當初買的是40來坪公寓，多位在一至四樓，房價在五、六百萬之譜，一經拆除損失太大，堅持採修繕。立委謝啟大站在修繕這一邊，後來主張修暫行條例作最終鑑定。我在現場被兩派人員形同挾持，在我左耳喊「拆」在我右耳吼「修」，不得安寧達半小時以上。這是什麼世界！

之後一個雷陣雨的午後，剛從台北開會回來，在車上幾位同仁就來電說，美麗殿主拆派幾十人綁了白布條來陳情，我說就讓我來主持吧。

雷陣雨的雨水打進簡陋的會議室，浸了滿間，我們就在水中談判，氣氛詭異，一個人一直站在會場中央，用一對死魚眼足足盯了我半小時。還好當年在台大學運、社運風起雲湧的年代，也參加、主持過幾場大「戰役」，這點場面還不致七上八下，他們發洩完情緒也就走了。

這種混亂持續很久，當我們都離開重建會時，他們還在吵，後來最終鑑定可修繕，住戶大會又決定要拆除，組都市更新會。但這是違法的，所以後來再協調，聽說現在已發包修繕，不知還會不會變卦？

這件糾紛的癥結在於原先曾宣布爲全倒，但加註「技師之間有意見不一致者須做二次鑑定」，後又發放慰助金 20 萬（全倒的金額），但又要求受災戶簽切結書，若未來改判半倒（可修繕），需退還 10 萬元。後來二次鑑定又以無法解密的文件判決半倒，但說明祇是給台中市區公所參考。這件事終於走上最終鑑定，希望今後一切順利。

3. 立法委員在委員會聯席會說，眞奇怪，你一個心理學教授來負責這麼多工程案的 921 重建，居然也是風調雨順國泰民安，難道是人格自然崇高，所以沒出事？我笑答，我有很多專長與經驗是你們不知道的，眞要依個別專業來找人負責，恐怕 921 重建會找不到人做執行長，而且我做的是政務官，祇要細心了解敬謹從事，有什麼不能做好的，還是看績效要緊。他們也沒話說了，一路上其實是相挺的時候多，偶爾飆幾下。

兩個事件

　　總統府每個月都會有一次總統主持的國父紀念月會，我擔任政務委員與教育部長的四年期間，應參加的月份至少48次，但我一次都沒參加，現在還不知道它長什麼樣子。恐怕開國以來沒有這樣的政務官，但也沒被糾正。主因是921太忙，大部分時間在中部災區，不想為了這種不缺我一個參加的會，往返弄掉大半天。到教育部後，這種心態也改不了，就不去啦。

　　我那時忙到連去行政院開重建事務或教育文化協調會，會完就走，連台北家裡都經常過門而不入。2001年因為太久沒看到太太與兒子，就找他們下來參加端午送艾活動，指定兒子的樂團演唱鄭智仁醫師的《天總是攏會光》。還有一次中興新村辦活動，晚上放煙火，與兒子通手機，讓他聽聽放煙火的聲音。別人可能覺得蠻有趣，但我兒子大概不以為這是什麼正常行為。

　　在這種情況下，根本就沒想到還能抽出時間，去參加總統府月會的例行外來演講，因此二十個月沒去過半次。這個習慣一養成，到了教育部也是覺得怎麼事情還是那麼多，做都做不完，想想國家大事為重，就不去吧。有一次外聘講員是小說家黃春明，說到興起還特別點名問我在不在場，承他關心有點不好意思，但以後還是沒去。以前的政府度量大，居然也沒找我麻煩。

　　終於要離開921重建會到教育部去了。游錫堃剛接行政院院長，他說要改由一位縣長級人物來當執行長，我就反對，其理由不外是重建

會已上軌道，好不容易建立起不分黨派戮力重建人道志業的聲名，換上一位地方性且黨派色彩濃厚的人來當，豈非前功盡棄。他看我反對，就說這是總統的意思，我說這是我的看法，請參考。之後，他又提另外一位，我也據實以告並不合適。其實他可以不必問我，我也可以不表示意見，但在第一線工作的人自有我們的看法，那時以重建區爲重，也不太理會應有的官場常規，最後他祇好說那你看誰比較合適？剛好那時擬就職的新任閣員在國軍英雄館聚會，林盛豐改當政務委員，所以也在那邊，我就與他向游說何不給陳錦煌做做看。

　　陳錦煌那時是政務委員又負責中央防救災業務，也是過去一年八個月協助做 921 社區總體營造與防救災業務的人，個性溫和較有理想性，倒也沒什麼缺點。至於另外一位也來協助重建的政務委員蔡清彥教授，是我老友，我們曾在國科會共事過，他與劉兆玄都是我那時的老長官，在 921 時協助推動廢棄物級配處理、土壤液化矯正工程與九份二山掩塞湖整治等項，貢獻良多，但他已另負責科技顧問組，不太能動。游就說，好，假如他不行你們要負責。我說那就我負責好了，我拍胸膛，要林盛豐也拍一下以示支持。但沒想到，任命陳錦煌醫師接執行長之後，居然沒讓他再做政務委員，祇兼省政府副主席，這樣一來，除了有一輛 4,500 cc 的副主席大座車外，缺少了可以協調相關部會的功能，可以說是第一步就走錯了。果不其然，陳錦煌做了半年執行長，就因組合屋的糾紛（可能還有其他因素）下台，換上郭瑤琪（時任公共工程委員會主委）。沒多久陳又辭去省府副主席，回新港再做小鎮醫生。

921

世紀大震的集體記憶與教訓

921 大地震如前所述，是上世紀全球最大的內陸島嶼地震，下表（近年國際性大災難粗估比較表）將國際上近年來幾個重大災害放在一起，作一粗估比較，旨在說明這幾個災變不祇是國家級也是國際級的大災難。將 911 放在這裡的原因，係考量它也是一個規模巨大的緊急性災難，同時它發生在 921 二周年的同一月份，我曾密切注意它的救災與重建過程，發現美國在此事件中不同政黨全民一心處理這件大事，與後來的 Katrina 風災大有不同。

幾個一定要檢討的問題

從實際進度與國際比較觀點來看，921 在救災、安置與重建上可稱成效良好，當然也要考慮到有些人還在作全方位的抱怨。至於重建之後的振興計畫，成就有限，並未繼續提出重要的區域振興方案。

在全民關心投入 921 重建之後，愈來愈多人想要了解過去努力過的，以後會不會做得更好？如底下幾個必問的問題：

1. 國家在應付 921 這種國際級大災變時的各項緊急與常規作法，包括政策、法令、組織、財務、公共與民間建設、中央與地方之分工整合上，是否已作過檢討，並汰劣留優寫成標準作業程序（SOP），以利下次應用，不必再走冤枉路？

2. 921 暫行條例的實施與修正，以及重建期間的各項措施（包括防救災），已被證明為有效且可應用到常規業務中的，是否已修正並整合到災防法規、土地及建築法規，以及各部會署主管的法規之中？

3. 國土保安是大災變後應學習到的國家大事，921所學到的諸如中橫公路之處置、防災社區、四大流域聯合整治、統一防救災事權等觀念與作法，是否已整合到今後國家的重大政策之中？

4. 921之後，不祇啓動了政府與民間合作的具體作爲，諸如在學校與住宅重建、觀光與產業振興上，皆有具體項目與成果；另外更重要的則是促成民間自主力量與社區意識的出現，外來協助人員或團體由蹲點而在地化，帶動了災區形成小型的公民社會氛圍，驅動出很多社區的新生價值，包括社區總體營造、生態工法、防災社區、生命教育、新校園等項。該二者對社會的演進應有重大的啓示，不必侷限在災變上才來發展，我們是否已作好準備工作好好檢討？

近年國際性大災難粗估比較表

	阪神・淡路大地震（1995 年 1 月 17 日）	台灣 921 大地震（1999）	美國 911 恐怖事件（2001）	印度洋（蘇門達臘）地震與南亞海嘯（2004 年 12 月 26 日）	美國 Katrina 風災（2005 年 8 月 31 日）	中國汶川大地震（2008 年 5 月 12 日）
死亡人數	6,432	2,505（含失蹤）	2,992	>200,000	>1,836（1,577 in Louisiana）	>88,000（含失蹤）
災損（美元）	1,000 億	>100 億	1. >400 億 2. 美國股市在該星期損失 1.2 兆面值 3. 反恐經費難以估計	以印尼為例約 45-50 億	812 億（Orleans 郡占 400-500 億）	$M_W = 7.9$，龍門山斷層破裂逾 350 公里，影響面積逾十萬平方公里，直接損失逾 8,000 億人民幣。目前中央政府籌措經費（>1,300 億）與各省認養縣市時提撥 1％全省經費，依國際經驗預估，今後重建經費累積額可能不低於三千億人民幣（約 1％ GDP）。另民間捐款已逾 500 億人民幣。 汶川地震的重建因土地國有，災民中從事國家分派職務者多，預期一般性復原所需時間，應短於類似之國際大災難。
中央政府經費投入（美元）	500 億（1.25％ GDP）	74 億（1.7％ GDP）（未計利息補貼與信保）	400 億（聯準銀行曾備妥 1,000 億，1％ GDP）	依各國家不同	1,100 億（1.1％ GDP）	
捐款（美元）	18 億	10 億	前三星期為 6.57 億	70 億（全世界捐款）	42.5 億	
事件持續時間	立即	立即	共 102 分鐘	地震為立即性；地震引發大海嘯在 15 分到 7 小時內襲擊不同海岸。	六星期後水退	
人口外移	剛開始約 5％人口外移，之後回歸正常。	可忽略	可忽略	無資料應不多	五個月內外移 64％	
一般性復原	五年	五年（救災與安置，4 個月）	2006 開始建世貿中心紀念地，預計三、四年內完成。	依各國家不同	預估 8～11 年	

經驗與教訓

針對上述幾個大哉問，可以用比較具體的921例子來作說明，雖然可能淪於條例式或者過於技術性，但多少可以從不同方向回應上述問題。

一、基本問題。

1. 在重建時經常會面對如下的階序性議題：原地重建→功能復舊→新價值與願景。有人認為在重建之前應先設定新價值，才能在此新框架下做出有意義的重建，以彰顯社區與生命的活力及想像。但政府人員在各方（包括災民）壓力下，急著要恢復舊有的功能（是否原地重建已非重要考量）。兩類人如何在良好的互動平台上獲得共識，是到現在還無法確定之事。

2. 921重建會之類由上而下的統一窗口有必要設立嗎？中央政府要介入到什麼程度什麼範圍，才算合適？若設立，應維持運作多久才算恰當？有人主張在神戶大地震中，日本中央政府祇負責籌編經費與從事公共設施的復建，其他大小重建事務則由兵庫縣與神戶市負責；美國Katrina風災，FEMA（聯邦緊急事務處理署）與州政府各負其責。這兩個國家都沒弄什麼類似921重建會這種統一窗口。但台灣情況確有不得已之處，因為過去重大災害常由省政府負責，成效亦稱良好，惟在921之前精省後即無法運作，地方政府本身即是災戶，過去亦未曾被授權來負責重大災變事務，因此而有921重建會這類組織。重建會在救災之後即曾回歸各部會署與地方政府，惟形成空窗期達五個月之久；再成立

兩年後亦一直想作業務回歸，但在各界壓力下又持續運作，難以提早散場。由此觀之，統一窗口的作法以及如何分階段運作如何及時收場，都還需要再作檢討，也許當有效能的中央與地方分工整合體系能夠運作，或者籌設可以統一事權的防救災總署之後，即可不必再設重建會之類的任務型組織，回歸正常體制。

二、不確定性之下的決策。

1. 風險下的決策（在了解機率結構下的決策，需有良好的判斷與效率）。底下幾個例子可供參考。

（1）在學校重建時，是先清除倒塌房舍或等待司法調查釐清責任後再清除？正確作法應是除非確有必要留下少量以作證據保全之外，全部清除，否則依台灣冗長的訴訟程序，不可能再進行學校重建。

（2）全半倒之判定常引起爭議，依據各方專業意見，應改為以「可修繕」與「不可修繕」當為判定標準，且不應由村里幹事或地方政府主管決定，應回歸工程專業。在過去即曾發生過在同一棟建築中，一樓判定為「全倒」，上面樓層判定為「半倒」之荒謬情事。

（3）中橫台8與台8甲線之修復，如前所述不應有大張旗鼓的作為，應有一段長時間讓上下邊坡穩定，以免耗費數百億作徒然無功又被沖斷之事。

（4）為觀光遊湖的理由保留堰塞湖，並為其制定「未具船形之浮具」的管理規則，是一件不智的事，因為再來一次颱風大雨，就會沖掉堰塞湖，草嶺的例子歷歷在目。

（5）災區工程依暫行條例應在僱用人員中保留1/3給災區民眾，該

規定立意良善，惟實際運作上頗多不可行之處。以2001年為例，復建工程經費達四百億，專業工人約三萬人，依此條例需僱用一萬名災區民眾，事實上有訓練不足之問題，若硬性依此僱用，可能嚴重影響工程品質，若僱用後不敢讓他們參與，則又變成「以工代賑」，成為社會福利措施而非專業考量。

（6）地震紀念地要多少處？原提17處，後修改為5處：霧峰光復國中小地震教育園區、九份二山、九九峰、草嶺、竹山車籠埔斷層槽溝。

（7）組合屋可否安置非災民之弱勢戶？已安置，但在日後拆除時難以處理，宜有事先之協議與社福配套措施。

（8）租屋者除領慰助金外，可否住進組合屋？日本可以，本國不行。可檢討其可行性。

（9）為了因應0.33g的震度新標準，建物（包含校舍、民宅）一定要採SRC與筏式基礎施工？雖無不可，但應有專業上的SOP及相關建議之提供，以避免技術上的不足（如焊接問題）或單價過高超出預算。

（10）打樁編柵、源頭整治、自然工法真的可解決邊坡與流域整治？問題不在yes or no，重點在於用那些判準（如保全對象之有無及性質）評估，在符合那些條件時，適用自然工法。

（11）桃芝風災之後，新中橫（台21）要不要全面修復，陳有蘭溪十幾座橋要不要修復？以該處若干長跨距橋梁而言，需檢討該地之土石穩定狀況與土石流侵襲頻率及嚴重度，再訂修復策略。在未訂定流域整治策略之前，輕率的投資修復於事無補，短期內（如三、四年或更短）仍會再被沖走，類似事件經常發生（如信義鄉神木村之個案）。

（12）桃芝風災重建視同與 921 地震具有因果關係，納入暫行條例之中，適宜嗎？已納入，其實並非適當作法。若依此判準，則 2004 年七二水災亦應納入。該作法造成外界形成一種「921 補償不斷加碼」之印象，其實桃芝風災重建納入暫行條例後，並無經費可供大量編列，形同具文，類此事件仍宜按災防法規定處理。

2. 在模糊狀況下之決策（未能確知機率結構與後果，需要在多元考量下求取共識）。

（1）廢縣與遷村。假如未經詳細計算並作配套，一定行不通。尤其是廢縣（包括在廢縣後封山，等待穩定後再說）的提議，根本不可行，不應跟著瞎起鬨。

（2）住宅重建就地合法。政策上不可能如此宣布，祇能盡量降低重建之標準與要求。

（3）先概括承受災戶舊貸款，再代位求償（尤其是針對集合住宅）。違背現行法令，亦無國際實例可循，不可行。

（4）政府買下斷層帶附近土地，買下住宅倒塌清除後之空地。未實施，日後可研究其可行性。

（5）可否將住宅重建優惠貸款中政府補貼的長期利息支出，直接送給受災戶當為重建補貼？該作法不符優惠貸款之政策原意，政府是否宜直接補貼住宅重建亦待釐清，惟可進一步研究是否由民間捐款或政府專案委辦民間基金會予以補貼。

三、再度發生類似規模災變應可先做之事項。

1. 特別預算可先籌編，以補追加預算之不足。

2. 追加預算中祇編列 57 億給農村聚落與原住民部落住宅重建，主要仍以優惠貸款協助大部分的住宅重建。之後再透過特別預算編了 649 億（含社區重建更新基金 372 億），但已延遲一年多，緩不濟急，收效有限。信保與社區重建基金中的融資撥貸（280 億元），可配合中央銀行的優惠貸款提前一併處理，以解決擔保品不足問題，撥貸建好後再向銀行抵押借款，惟應與日後還款問題一併考量。

3. 一千億住宅優惠貸款已貸出 674 億，應可滿足需求。惟下次為免被責難達成率偏低，應可採開口合約方式，先粗估一保守數額再加保證往上調升。

4. 土地重測與地籍整理應列住宅重建之第一優先項目（晚起步近一年）。

5. 集合住宅修繕補強，由 921 重建會補助 49%、震災基金會 21%、災戶 30%（可貸 150 萬修繕貸款）之方式，已確定可行。

6. 政府可採委辦方式購買集合住宅不願重建者之產權，以加速重建（惟應低於一定比例，如 25%）。921 重建會委辦 30 億給 921 震災重建基金會，合計共 80 億，協助集合住宅五千多戶重建，故該案應屬可行，日後可提早實施。

7. 國宅可採出租或租後再買策略。

8. 公屋與平價住宅應提早興建，才能呼應需求。

9. 以地易地政策雖屬可行，但效果奇差，應先做好準備工作。

四、應改進事項。

1. 在特別法（暫行條例）有效期間內，應有單一窗口之中央重建會，

不宜再犯 921 重建會中途（於 1999 年 12 月底）撤離回歸部會與地方，再重設之覆轍。

2. 應清楚說明各項控管進度，以避免社會或政黨在資訊不明下之爭議。以 2003 年 9 月為例，在三種判準下各有不同的執行率：

（1）控管工程計畫完成率 95％（控管工程計畫約兩萬件，其中追加預算部分約 13,000 件，特別預算 7,000 件）。

（2）整體重建經費 2,123 億的執行率 75％。

（3）特別預算一千億執行率 50％（主要係因社區重建基金中的融資撥貸難以執行，後來改供購買不願重建產權之委辦費及四大流域整治費用）。台灣公共工程的年執行能量當時在 6,000~7,000 億之間，除非放下十分之一工作量改做 921 工程，否則難以在短時間內快速提升執行率。

3. 民間捐款與政府預算應再做更適當之分工。在三百多億民間捐款中，由民間團體各別籌募之 111 億宜用在災民補貼上，做政府難以做到之事，但卻有 61.74％用在校園重建，並非最好作法，因為校園重建基本上應係政府責任。惟政府在 293 所學校重建中，亦負責 185 所，並另提供 28 億給慈濟，十來億給其他民間團體合作重建校舍。

4. 在土石流、邊坡與流域整治上，應有單位負責整合。過去依高度各有所轄，最高的由林務局負責，邊坡為水保局，道路為公路局，道路與河流之間由縣市政府負責，河流為水利處（水利署）掌管。惟大規模之整治需全面一齊辦理方能奏效，過去由 921 重建會出面整合，成效尚佳，今後宜採此模式進行。

5. 921 重建區經常在一條路上，左邊為商業區，右邊為農業區，亟

待擴大都市計畫檢討以加速重建。

6. 採用最有利標、公務員如何避免圖利他人罪、倒塌房屋是否可申請國賠、建築師是否適用準公務員論罪等項，經常帶來重建上的困擾並拖緩進度，宜有完整之分析及對策，以資因應未來。

7. 心靈重建部分，在地震初期十個月內自殺率有提高跡象，應建立高關懷口卡作密切追蹤與協助；災區 PTSD 在三年內有下降趨勢，且盛行率比國際數據低，宜作進一步研究供未來因應之用；心靈重建之基本原則雖不排除在初期之「給魚」作法，惟仍應在中後期加強「給釣竿」之政策。

8. 應檢討 921 發生後之外縣市認養績效，建立一套對災變敏感地區之縣市認養機制，以資有效因應。

9. 以 921 重建會處理 921 震災與桃芝颱風之經驗，以及對地方之第一線熟練經驗，應可轉型為中台灣防災中心，並協助建立相關之各項 SOP。這件事雖曾提議但沒做到，以後應可納入政策考量。

10. 救災、安置、重建告一段落後，為發揮二千多億重建經費之乘數效果，宜再提出五年振興計畫。該規劃曾經提出但未落實辦理，應可作未來之參考。

五、尚待完成事項。

1. 舊貸與新貸款在 2006 年 2 月暫行條例停止適用後，開始要繳交本息，今後二十年中數額高達 600 多億（未計舊貸），他們做好準備了嗎？政府的輔導機制為何？

2. 中部重建區四大河川的全流域整治總經費從 180 億減為 50 幾億，

應監督是否已有效進行。

3. 921 震災的經驗是否已全部整合到未來的防救災體系之中？經此災變，台灣的防救災體系是否已比以前有更長足的進步？

4. 組合屋中尚有若干非典型災戶，但卻是社經能力薄弱者，各級政府的社福機制是否已有妥善照顧方案？

5. 少數集合住宅仍未重建完成，應如何協助？以台中市美麗殿為例，震後先判全倒，二次鑑定再判半倒，最終鑑定則為可修繕，住戶大會決定拆除另組都市更新會，後又改回修繕，目前修繕工程雖已發包，仍有待大家關心。

回頭再看八八水災

今（2009）年八月的莫拉克風災，已在「地震之後又來大風災」章節中先作簡略敘述，由於八八水災之後續救災工作、安置與三年重建規劃尚在發展中，祇能就近半個月來（本文截止日）與 921 有關者，作一簡要檢討。

此次颱風路徑之預報，與日本、美軍所提供者並無重要不同，可謂尚屬稱職。至於洪水預報及淹水模式之演算模擬，不祇在台灣極難，也是舉世皆知的科技極限，經常要作動態修正，國人實不必過度責難。既然如此，依據土石流潛勢圖與淹水模式所進行的事前撤離行動，也會面臨動態修正的問題，不是那麼容易在日後那麼大片的受災區中，作出精準的勸離行動。但在這段時間，還涉及震災與水災救難之差異，震災之

後的死亡、失蹤、與重傷很快就可確定，祇要趕快把路打通、備好直升機、進入救援，則黃金72小時確可作最好之利用；但水災常會碰到仍然水漫各處、大雨不斷、四處形成孤島，以致救援非常艱難的困境，黃金救援時間就此一去不返。

因為這些困難沒有被充分了解，所以國軍介入時機被認為不如預期快速，救災配備（如救難犬、透地雷達、特殊氣體偵測儀、生命探測器等）被認為支援過慢。另外在緊急救難期間一切都會過度敏感，包括災民、社會、與媒體在內，此時最需要的是各級政府來積極表達關懷與提供援助，但竟傳出婉拒國際救援，主事之人又被指責態度或輕忽或傲慢，不一而足，這些情事其實不一定都真有其事，但民意反應竟日趨激烈，總統與行政院長挨批，延燒之下引發政治風暴，導致內閣大改組。

在此921十周年前夕，正值大家要好好反思檢討之時，竟發生如此觸目驚心之事，難免會有不少人問說「我們究竟有沒有從921學到教訓？」當然是有的。八八水災之後雖無緊急命令，但有可取代之災防法的適用；特別條例已通過，並籌編一千兩百億，擬訂三年重建期，設立重建會與災區辦公室；官民合作已展開，民間捐款逾百億。

今後重建之路所涉相當龐雜，單是穩住災民與社會情緒、安頓生活、提供就業機會，就已令人頭皮發麻，何況還有本書已提到與921類似的各項重建工作。除此之外，還有一件921時尚未清楚認知，但在桃芝風災後受到嚴峻考驗的土地利用問題。八八水災之區域，泰半是弱勢居民所居住之區，此次水災比921災害更暴露出台灣的國土保安與全流域整治問題，部分地區的遷村恐怕是不得不推動的一件大事。

今僅再提兩件事，一為政府擬改設災害防救署以統一事權，該擬設實為國內防災界之共識，惟應在層級上多予考量方能成事，應定位其為「總署」，成為類似環保署、衛生署之獨立署才對，並在行政院組織法的修訂中納入考量。另外重建會在災區設立單一窗口辦公室，顯屬必然作法，惟執行長宜由政務委員全時兼任，以利在三年之內的重建期間，跨部會署協調，推動立法修法及政策之規劃與實施，並在中央與地方、政府與民間之合作上多所致力。

為今之計，日後的三年重建更為要緊，不宜再一直盯著責任之追究，展望未來，路途還很遙遠，台灣加油！

921是大家的集體記憶

十年下來，921這三個數目字已形成緊密的聯結，成為一個慣用的單詞，就像928與911一樣，有它豐富的內涵。很多人一聽到921，可能就會用不同的方式來說出他／她與921的關係：我就是那時候的災民、我是921小孩、我連夜趕回家裡、當年我進入災區協助、我是部會（或地方政府）的支援人員、我就在現場、那一年我還是小六生、我被921深深感動……可以這樣說，一談到921就與「我」聯在一起，很多人都會在這件事上賦以個人經驗。換言之，921已成為大家的集體記憶，「我」以不同的角度與921聯結在一起。

國際上習慣以台灣或集集大地震，再加註發生年代，來描述這件事，較少以921來敘述，911是一個例外。亦即921這三個數字尚未成

為國際社會的集體記憶,雖然他們過去曾長期關心,但採用不同記憶形式來表達這段經驗。台灣是國際社會的一員,921地震更引起國際社會的關懷,我們在921十周年時能向那些關心過的國際人士,交待什麼經驗提出什麼今後的願景,讓他們覺得台灣是一個值得協助也是有反省力的社會?更重要的,對國內投入更多心力的人民,我們又能整理出什麼感謝、承諾與願景,讓大家聽起來覺得沒有白走這十年?

我們曾有過的經驗與教訓已如前述,最重要的是我們究竟真正學到了什麼?黑格爾(Georg W. F. Hegel)曾說過:「經驗與歷史教導我們:人們與政府從來不曾從歷史學到任何東西,或在歷史所演繹出來的原則上做出行動。」(What experience and history teach is this : that people and governments never have learned anything from history, or acted on principles deduced from it.)

蕭伯納(George Bernard Shaw)雪上加霜的又加上一段:「黑格爾是對的,當他說我們從歷史學到的就是人永遠不能從歷史學到任何東西。」(Hegel was right when he said that we learn from history that man can never learn anything from history.)

比較簡化的說法是:歷史的教訓就是人永遠不能從歷史獲得教訓。但是這種悲觀與諷刺性的說法,真的可以適用在大家的921經驗上嗎?我們當然不願意承認有這種可能性,甚至覺得這種講法簡直就是一種侮辱。但是隨著時間推演,當921逐漸變成過往歷史的一部分時,這句話可能就像「黑格爾魔咒」一般,在考驗著台灣社會。長期而言我們必須好好記住這句話的毀滅性威力。短期而言,還是有很多警訊可以提醒大

家，不要忘了這件事情以及從 921 所學到的經驗，來繼續鞭策台灣社會不要再犯同樣的錯誤。

　　祇要大家不想遺忘，歷史的教訓就應該是：歷史從沒有放棄過不想遺忘的人！

INK **Canon** 20
PUBLISHING

台灣921大地震的集體記憶

作　者	黃榮村
總 編 輯	初安民
主　編	鄭嫦娥
美術編輯	陳淑美
校　對	黃榮村、鄭嫦娥

發 行 人	張書銘
出　版	**INK**印刻文學生活雜誌出版有限公司
	台北縣中和市中正路800號13樓之3
	電話：02-22281626
	傳真：02-22281598
	e-mail：ink.book@msa.hinet.net
網　址	舒讀網http：//www.sudu.cc

法律顧問	漢廷法律事務所
	劉大正律師
總 代 理	成陽出版股份有限公司
	電話：03-2717085（代表號）
	傳真：03-3556521
郵政劃撥	19000691 成陽出版股份有限公司
印　刷	海王印刷事業股份有限公司
排　版	陽明電腦排版股份有限公司

出版日期	2009年9月　初版
ISBN	978-986-6377-15-0

定價　240 元

國家圖書館出版品預行編目資料

台灣921大地震的集體記憶

／黃榮村著. - - 初版, - - 台北縣中和市：INK印刻文學, 2009.09

216面；15×21公分. - -（Canon；20）

ISBN 978-986-6377-15-0（平裝）

1.震災　2.賑災　3.臺灣

548.317　　　　　　　　　　　　　98016267

讀者服務專線：03-2717085